在云端

人生况味寄书衣

经典文库编委会◎编

河海大学出版社
HOHAI UNIVERSITY PRESS
·南京·

图书在版编目（CIP）数据

在云端．人生况味寄书衣 / 经典文库编委会编．--
南京 : 河海大学出版社， 2019.10（2023.9 重印）
（二十一世纪中国作家经典文库）
ISBN 978-7-5630-5949-2

Ⅰ．①在… Ⅱ．①经… Ⅲ．①散文集－中国－当代
Ⅳ．① I267

中国版本图书馆 CIP 数据核字（2019）第 085938 号

丛 书 名／二十一世纪中国作家经典文库
书　　名／在云端．人生况味寄书衣
　　　　　ZAI YUNDUAN.RENSHENG KUANGWEI JI SHU YI
书　　号／ISBN 978-7-5630-5949-2
责任编辑／毛积孝
特约编辑／李　路　韩玉龙
特约校对／朱阿祥
封面设计／仙　境
版式设计／刘昌凤
出版发行／河海大学出版社
地　　址／南京市西康路 1 号（邮编：210098）
电　　话／（025）83722833（营销部）
　　　　　／（025）83737852（综合部）
经　　销／全国新华书店
印　　刷／涿州汇美亿浓印刷有限公司
开　　本／880 毫米×1230 毫米　1/32
印　　张／7
字　　数／113 千字
版　　次／2019 年 10 月第 1 版
印　　次／2023 年 9 月第 2 次印刷
定　　价／59.80 元

目录
Contents

卧心苦禅

邸玉超

　　书读得累时，或稿子写烦了，喜欢找一本画册来读，抑或翻翻早年从杂志封底剪辑的画页。读画有一种别样的享受。现代的画家，印象深的是李苦禅，当然还有潘天寿，人称"南潘北李"。李苦禅师承国画大师齐白石，齐的画颇受吴昌硕影响，又可上溯到八大山人。而八大与弘仁、石溪、石涛为"四大名僧"。读苦禅的画，会心境大开，陡生侠骨。喜欢李苦禅的原因还有一点，是他的名字：苦禅。参禅悟佛，苦在心智混沌，也苦在心志恍惚。卧心苦禅者，怎能不成大器？

汪曾祺先生也似苦禅者。汪先生以文名世，其实他不但能书，而且善画。只不过他的画多是倪云林似的小品，自我抒发与把玩，极少示人。他曾说，他的调色盘里没有颜色，只有墨，从渴墨、焦墨到浅得像清水一样的淡墨。有一次，他以矮纸尺幅画初春野树，觉得需要一点绿，便挤了一点菠菜汁在上面。可见其画风的清淡。

汪先生把他的画风运用在了他的小说上。李家巷的李小龙每天放学都路过王玉英家，看见王玉英坐在天井的晚饭花前做针线。晚饭花开在傍晚的空气里，非常热闹，但又很凄清。李小龙很喜欢看王玉英，因为王玉英长得美，好看。有一天，一顶花轿把王玉英抬走了，她嫁给了风流浪荡、不务正业的钱老五。晚饭花还在开着。从此，这条巷子就看不见王玉英了。又一天，李小龙看见王玉英在钱老五家门前的河边淘米，王玉英头上插着一朵花。李小龙很气愤，他觉得王玉英不该出嫁，不该嫁给钱老五。这个世界上再也没有原来的王玉英了。（小说《晚饭花》）少年的忧伤，无言的伤痛，禁不住令人掩卷沉思。

早几年枕边常放两本小说集，一是汪曾祺的《晚饭花集》，另一本是李锐的《厚土》，从这两本书中，我汲取了丰富的营养。两人作品字面风格不同，但骨子里都有超越世俗的佛性禅意，都能读出人的本质。两人也是真正意义上的知识分子，有社会良知，有大家风范。汪曾祺说："我的作品有读者，我一则以喜，一则以忧惧。我给了读者什么，我说过我希望我的作品有益于世道人心，我做到了么？"汪老做到了。他以别致的小说赢得了众多读者，在现当代文学史上独树一帜。

说到汪曾祺，就要说到他的名篇《受戒》。小说里面的小和尚明海和村姑小英子实在可爱。明海受戒去，她船接船送。回来路上，小英子忽然把桨放下，趴在明海耳旁小声问："我给你当老婆，你要不要？"明海惊讶得眼睛鼓得大大的。小英子一再追问，明海大声说："要。"明海出家在菩提庵，大家叫讹了，就成了荸荠庵。本来很庄严的菩提，一转口就成了荸荠，亲切得如同邻家老宅。庵里的和尚除了打坐念经，还经常打牌，也抽水烟，吃肉，娶老婆，因为庵中无清规。读着小说，不禁让人向往，前去受戒。汪老自称这篇作品有一种内在的欢乐。我的解读是：佛家有俗子，尘世藏禅意，受戒在佛寺，修佛在心。

弘一法师临终有偈语：悲欣交集。汪曾祺说他对这样的心境是可以领悟的。汪曾祺的小说确有悲凉之处，也有欣喜之情，表现形式多为轻描淡写，洗去铅华，如他的画。画事之笔墨意趣，能老辣稚拙，似有能，似无能，即是极境。国画大师潘天寿说："平中能见其奇，奇中能见其不奇，则大家矣。"汪曾祺先生的小说，在简约淡雅中凝聚着殷殷文人情怀，在朴素无华里流淌着浓浓平民热血。他说他追求的不是深刻，而是和谐。什么是悲悯情怀，什么是暖世温度，读他的作品，你会有切身的感受，从而得到生存的有力支持。

齐白石老人九十五岁时画过一幅画，画面仅是一穗高粱，鲜艳而圣洁，热烈而饱满。从中可以读出一种对自然的感恩，对生命的膜拜，对劳动的赞美。

他们通过艺术受戒。

花开雨巷

邸玉超

近几日天气晴好，甬道两旁的丁香花繁茂地开了，空气中弥漫着的花香，时而淡淡的，时而浓浓的，引诱人不得不去欣赏。丁香花象征着纯真无邪、初恋和幽怨，她独特的芳香、优雅的花色、高贵的姿态，让人心仪 。

午后慵懒的时光里，在丁香花的馨香中，读戴望舒的诗，不禁怦然心动。读诗，真是一种奢侈的享受。

《雨巷》是戴望舒的成名作，他因此

而赢得了"雨巷诗人"的雅号。1927年夏天的中国，风雨如晦。戴望舒等几位曾参加过进步活动的青年隐迹于松江的好友施蛰存家的小楼上。闲来无事，戴望舒在翻译西方诗歌的同时自己也创作了许多诗歌，其中就有《雨巷》。《雨巷》是他内心情境的外现，失望、希望、幻灭、追求，这些情绪的纠结，让诗人在现实与梦幻间踯躅彷徨。那一时期的青年知识分子，特别是初露头角的敏感的诗人普遍都有一种幻灭感。茅盾1927年以自己参加革命的经历写成的第一篇小说就叫《幻灭》。《雨巷》就是在这种复杂的社会背景下产生的。

　　　　撑着油纸伞，独自

　　　　彷徨在悠长、悠长

　　　　又寂寥的雨巷

　　　　我希望逢着

　　　　一个丁香一样的

　　　　结着愁怨的姑娘

　　《雨巷》运用象征的手法，把当时黑暗冷酷的社会现实暗喻为悠长狭窄而阴暗寂寥的"雨巷"，没有阳光，没有生机，破败颓废，死气沉沉。而"丁香一样的姑娘"是美好理想和希望的象征。

主人公"我"怀着理想破灭的失望，在冷漠、凄清的雨巷中孤独徘徊着，内心幽怨，但仍然残存着一丝朦胧的愿望：

> 我希望逢着
> 一个丁香一样的
> 结着愁怨的姑娘

她曾经静默地走近诗人，尽管她向诗人投出的是太息的目光。然而，丁香一样的女郎终是像梦一般地从诗人的身旁飘过，走尽了寂寥的雨巷，从现实中消失了，留给诗人的是无限惆怅。

尽管如此，诗人并没有断了对未来的憧憬与期待，依然撑着油纸伞苦苦追寻着：

> 我希望飘过
> 一个丁香一样的
> 结着愁怨的姑娘

诗中的意象共同构成了一种象征性的抒情意境，含蓄地
暗示出作者既迷惘感伤又有期待的情怀，并给人一种朦胧而
又幽深的美感。诗中重叠反复手法的运用，回荡着一种流畅
的节奏和旋律，体现了戴望舒诗歌一贯的追求：诗境的朦胧美、
语言的音乐美和诗体的散文美。

其实，我更愿意把《雨巷》读成爱情诗。戴望舒的忧郁
不仅来自对于理想的追寻过程中的迷茫与失落，也源自他坎
坷的爱情。他心内一直无法忘却他的初恋——与施蛰存妹妹施
绛年的爱情。《雨巷》中丁香一样结着愁怨的姑娘就是施绛
年的化身。多年苦恋，到头来戴望舒终于知道，施绛年不爱他，
那刻骨的爱只是单相思。施绛年与他友情多于爱情，所以总
是若即若离：

　　她彷徨在这寂寥的雨巷，
　　……
　　默默彳亍着，
　　冷漠、凄清，又惆怅。
　　她静默地走近

走近，又投出

太息一般的眼光

后来，她终于和他分手了：

她飘过

像梦一般地，

像梦一般地凄婉迷茫。

……

她静默地远了，远了

到了颓圮的篱墙，

走尽这雨巷，

消逝得无影无踪。甚至——

消了她的颜色

散了她的芬芳

消散了，甚至她的

太息般的眼光

　　无可奈何中，诗人依然撑着油纸伞，独自彷徨在悠长又寂寥的雨巷，希望飘过一个丁香一样的结着愁怨的姑娘。

　　后来，他与温柔漂亮的穆丽娟结婚。由于他深陷于施绛年的虚幻爱情不能自拔，婚姻自然难以幸福，最终穆丽娟与他离婚。对爱情完全失望的戴望舒在香港与一个比他小二十六岁的女子杨静结婚，没过几年，杨静便弃他而去。在戴望舒四十五年生命历程中，经历了与施绛年的伤心之爱、穆丽娟的不忍之离和杨静的无奈分手，不同的女人，相同的结局。戴望舒的一生，是一部凄楚哀婉的情爱悲剧史。

　　在丁香花以外，还有一束勿忘我，让人伤感地流连。

　　　　为你开的

　　　　为我开的勿忘我花

　　　　为了你的怀念

　　　　为了我的怀念

　　　　它在陌生的太阳下

　　　　陌生的树林间

　　　　谦卑地，悒郁地开着

在僻静的一隅

它为你向我说话

它为我向你说话

它重数我们用凝望

远方潮润的眼睛

在沉默中所说的话

而它的语言又是

像我们的眼一样沉默

开着吧，永远开着吧

挂虑我们的小小的青色的花。

（《见勿忘我花》）

勿忘我花是深情而浪漫的花，这花像一个多事而纯真的孩子，为两个相爱的人传递花语，传递情思。然而，诗人最值得珍惜的初恋丢失了，他的爱情是青涩的，目睹了他的爱情的林间的花也是青色的。伤感和忧郁笼罩着他的诗歌。

戴望舒是现代诗丛林中的开拓者，他撑着一把油纸伞，在诗的泥泞小路中跋涉。他的诗主要受中国古典诗词的滋养和法国象征主义诗人的影响。当年戴望舒翻译的外国诗歌后来结集为《戴望舒译诗集》，其中有深受戴望舒喜爱的法国象征主义诗人魏尔伦、耶麦、果尔蒙等人的诗作，还有波特莱尔的《恶之花》、西班牙诗人的作品等。

> 那少女是洁白的
>
> 在她的宽阔的袖口里
>
> 她的腕上有蓝色的静脉
>
> 人们不知道她为什么笑着
>
> 有时她喊着
>
> 声音是刺耳的
>
> 难道她恐怕
>
> 在路上采花的时候
>
> 摘了你们的心去吗？
>
> ……
>
> 有一个青年人苦痛的时候
>
> 她先就不作声了
>
> 她十分吃惊，不再笑了
>
> 在小径上

她双手采满了

有刺的灌木和蕨薇

她是颀长的，她是洁白的

她有很温存的手臂

她是亭亭地立着而低下了头的。

　　我不能确切地读懂法国现代大诗人耶麦笔下的《少女》象征着什么，但诗中传达出的情绪就足以让人感动，让心灵为之荡漾。作为现代派新诗的领军者，把西方的象征主义手法与中国古典诗词意境相融合，是戴望舒对中国现代派诗歌的一个重要贡献，对中国新诗的发展产生了深远的影响。戴望舒生平总共定稿发表了九十二首诗歌。作品虽然不多，但在诗歌艺术上，却呈现出了独特的成就与魅力。

　　戴望舒是寻梦者，也是中国现代诗坛上饱受争议的一位诗人，他是彷徨的，也是坚定的。而今，许多批评过"雨巷诗人"的诗人早已被人淡忘了，我们却徜徉在"雨巷"中乐此不疲，让艺术之雨淋遍全身，让心灵获得美的滋润。戴望舒的意义就在于《雨巷》，没有《雨巷》就没有戴望舒，没有戴望舒，中国现代诗歌百花园就会少了一朵迷人的丁香。

近一个世纪悠长的时光静默地远去了，那丁香一样结着愁怨的姑娘依然让我们无限向往，像那姑娘一样美丽的丁香弥漫在时间的小巷。

1933 年的那场雪

邸玉超

　　窗外蓝天白云，阳光灿烂，风中飘荡着一首悠扬的乐曲，而我的思绪却仍然在一个透明的夜晚徘徊。那是一个距离我们已经很遥远的夜晚。

　　距离可以让人遗忘，也可以让人怀想。

　　那是一个透明的夜，透明得赤裸而招摇，痛苦而又痛快。《透明的夜》是《中国现代作家选集——艾青》的开卷之作。《透明的夜》是 1932 年 9 月 10 日艾青在上海一所看守所里写的，诗中充满野性

的生命律动。那时候他还不叫艾青，而叫蒋海澄。是年 8 月，
他以"宣传与三民主义不相容主义"被当局判了六年徒刑。
1931 年 9 月，东北沦陷，而广大的中国却并没有太在意，一
边是暗夜沉沉，一边是灯红酒绿。深陷囹圄的青年画家蒋海澄
面对黑暗的社会现实，心中充满悲愤，失去画笔的他，开始用
诗抒发着一个叛逆者对这个世界的思考与抗议、回忆与企望。
他的眼睛穿透监牢厚厚的墙壁，看到一个透明的夜，一个躁
动不安的夜，一个生机勃勃的夜：

> ……阔笑从田堤上煽起……
>
> 一群酒徒，往
>
> 沉睡的村，哗然地走去
>
> ……
>
> 油灯像野火一样，映出
>
> 我们火一般的肌肉，以及
>
> ——那里面的——
>
> 痛苦，愤怒和仇恨的力。
>
> 油灯像野火一样，映出
>
> ——从各个角落来的——

夜的醒者

醉汉

浪客

过路的盗

偷牛的贼……

这是一群来自广阔原野，来自广漠草原的野性的狼——北方的汉子，他们从黑暗的夜中走来，走进透明的夜中；他们从诗人的心中走来，走进现实的生活。

就在艾青在监牢里写了《透明的夜》的两年后，萧红在青岛完成了她的《生死场》。"严重的夜，从天上走下"(《生死场》中的句子，新奇而硬朗)后，苦难的北方农民逐渐觉醒了、站立起来了、呐喊了："我们去赶死，就是把我们的脑袋挂满了整个村子所有的树梢也情愿。"寡妇们喊出"千刀万剐也愿意！"；赵老三流泪说："……我不会眼见你们把日本旗撕碎，等着我埋在坟里，也要把中国旗插在坟顶，我是中国人！"这时候的他们，多么像《透明的夜》中那群不驯服的热血贲张的酒徒、浪汉啊。

《透明的夜》充满画面感，色彩单调而强烈，明暗过渡自然，笔触粗犷，细节丰富，有油画韵味；节奏明快，韵律流畅，既有传统笔意，又极具现代气息。

1932 年这个萧瑟的秋天过后，下了两场大雪。

第一场大雪是 1933 年 1 月 14 日早晨下的，纷纷扬扬的大雪落在上海一所监狱冰冷的铁窗上。狱中的艾青想起家乡落满白雪的乳母的坟茔，难掩一腔激情，一气呵成写出了《大堰河——我的保姆》。

诗人以真挚的感情，通过对乳母大堰河悲酸不幸的一生的描写，对这位普通贫苦农妇的回忆与思念，赞美了她淳朴善良、勤劳无私的高尚品德，抒发了对哺育自己的乳母大堰河的无限感激之情。诗人把爱和恨、赞美和诅咒交织在一起，传达了他对当时罪恶社会的愤慨和不平。

这是蒋海澄第一次用"艾青"的笔名发表作品。1933 年的这场大雪让艾青一举成名，《大堰河——我的保姆》为艾青在中国现当代诗歌史的地位加重了砝码。

第二场大雪是 1937 年 12 月 29 日下的，头一天夜里，艾青在武昌一间阴冷的屋子里写下《雪落在中国的土地上》，第二天果然下起了大雪，艾青说"今天的雪是为我下的"。
这一年，"七七"卢沟桥事变，全面抗战爆发。

> 雪落在中国的土地上
>
> 寒冷在封锁着中国呀……

　　诗人怀抱着抗敌的志愿，从浙江金华家乡赶到当时的抗
战中心武汉。（此时周恩来代表中国共产党来到国民党所在
地武汉，从事抗日民族统一战线工作。）诗人看到土地的饥
馑与灾难，民众的痛苦与绝望，天空布满阴霾。

> 中国的路
>
> 是如此的崎岖
>
> 是如此的泥泞呀。

　　于是诗人在寒冷的冬夜写出这首诗，给人们些许温暖，
给人一丝光亮，激发人们奋起抗敌，救民族于危亡。艾青通
过他杰出的作品《雪落在中国的土地上》，让我们感受到他
心中激荡的对祖国、对人民深切的爱。

　　七月派诗人牛汉曾评论道：如果说《透明的夜》是诗人心灵爆出的一束虹彩，那么《雪落在中国的土地上》是诗人的感情和创作冲动更为深广的一次涌流和升华。它是一曲悲愤的交响乐，它是一幅意境深远色彩斑斓的大幅油画。

　　1933 年的那场雪早已消融，而夜依然透明。

　　　夜的醒者

　　　醉汉

　　　浪客

　　　过路的盗

　　　偷牛的贼……

　　仍然在斑斓的夜色中游逛着……

从未平静的夜晚

邸玉超

夜晚的平静是人的主观臆想。夜晚从来没有平静过，不要说大的动物，小的昆虫，就是那些种类繁多的植物，也喜欢在夜色下窃窃私语，即使那些看似没有生命的风啊、云啊、月啊，也在每一个夜晚出没着，做着她们本分的事情。

我们生活的世界没有两个相同的夜晚，夜晚的不同各有因素。1927年7月，清华园的一个夜晚因为朱自清而变得与众不同。那是一个月圆的夜晚，朱自清忽然想起日日走过的荷塘，月光下的荷塘该是怎样一番风致呢？总该另有一番样子吧。（可以想象却又难以捉摸，便具有了吸引力。）

　　曲曲折折的荷塘上面，弥望的是田田的叶子。叶子出水很高，像亭亭的舞女的裙。

　　（让人想起宋代词人蒋捷的《风莲》词，以裙喻荷，不新，但摇曳。）

　　层层的叶子中间，零星地点缀着些白花，有袅娜地开着的，有羞涩地打着朵儿的；正如一粒粒的明珠，又如碧天里的星星，又如刚出浴的美人。

　　（本来挺俗的譬喻，因了"袅娜"与"羞涩"的传神，便也将就了。）

　　微风过处，送来缕缕清香，仿佛远处高楼上渺茫的歌声似的。

　　（此句绝妙，有逶迤态，有荡漾感。正应了杨振声所言："引领读者自迩以致远，自卑以升高。"）

这时候叶子与花也有一丝的颤动，像闪电般，
霎时传过荷塘的那边去了。

（是风踮着脚尖跑过去了吧？）

叶子本是肩并肩密密地挨着，这便宛然有了一
道凝碧的波痕。叶子底下是脉脉的流水，遮住了，
不能见一些颜色；而叶子却更见风致了。

（这样的荷塘景致本是可以让人心静如水，遗世独立的。）

荷塘如此美，那月色呢？

月光如流水一般，静静地泻在这一片叶子和花
上。薄薄的青雾浮起在荷塘里。

（一"泻"字，让月光有了流动；一"浮"字，让雾有了透明。）

叶子和花仿佛在牛乳中洗过一样；又像笼着轻
纱的梦。

（月色的细腻感、朦胧感全出来了。）

淡淡的云从明月上移过，仿佛小睡；月光从树叶间洒下来，在荷叶上画上斑驳的倩影。

塘中的月色并不均匀，但光与影有着和谐的旋律，如梵婀玲上奏着的名曲。

（如此美妙的清华园的夜晚，若真的从哪个橘黄的窗子里传来小提琴的名曲，得醉倒多少人啊！）

然而，这样美的夜色也只能让朱自清获得片刻的宁静，在那个风雨如磐的年代，作为知识分子的他，心绪怎能平静下来呢？因此，朱自清由采莲的旧俗惦记着江南了，江南是他的故乡。也许，只有故乡这个温馨的港湾才能让人的心灵得以停泊；只有家这个暖巢才好让人安稳酣眠。

以上是我读朱自清散文名篇《荷塘月色》的笔记。

关于散文，朱自清在《背影》自序中说："我自己是没有什么定见的，只当时觉得要怎样写便怎样写了。我意在表现自己尽了自己的力便行，仁智之见，是在读者。"说得朴素而实在，和他的人一样本真。朱自清的散文温厚细致、平淡自然，似清风、若清水，感情真挚浓厚而有节制，如《背影》；

有时又浓墨重彩，瑰丽华美，如《桨声灯影里的秦淮河》。朱自清的散文是文人散文，与文人画一样，是人品、学问、才情和思想的综合展示，作品有高品格、高品质。我以为，在现代散文家中，朱自清先生是独树一帜的大家，几乎无人能与之比肩。

清者自清，浊者自浊。朱自清先生逝世三十周年时，清华大学为了纪念他，把水木清华荷花池东岸的迤东亭改名为"自清亭"，表达了人们对他完美人格的敬仰。与"自清亭"毗邻而立、朝夕相处的是附近小山坡上纪念闻一多先生的"闻亭"。朱自清和闻一多，都是毛泽东赞颂的"他们表现了我们民族的英雄气概"的爱国知识分子。朱自清青年时代曾参加过五四运动，也曾目睹血腥，写下《执政府大屠杀记》，朱先生不仅是有气节的文人，也是铁骨铮铮的汉子。

出淤泥而不染，处浑浊而自清。这是荷的品质，亦是朱先生的品质。

国画大师张大千擅写荷，早年曾画一幅《荷塘月色图》。张大千才情高绝，每有激情喷发，即作大画。《荷塘月色图》为手卷，纵四十六厘米，横六百二十二厘米，由丈二匹纸四开后两张对接而成，堪称皇皇巨制。画从左端起笔，一路铺陈，荷花欣然绽放，荷叶摇曳多姿，荷塘水雾迷蒙，淡淡的月光如梦如幻。一股清风拂来，清香满池。画上题诗一首：

波翻太液接银潢，

闲看疏星曲槛凉。

可忆江南好风景，

女儿争贴额边黄。

诗书画三位一体是中国传统文人的身份识别符码，深得文人画浸染的张大千自然也不例外。一卷荷花，绘出了张大千的淋漓兴致，脱口吟诗，脑海里想象的竟然是额边描黄的江南女子。在此处，张大千与朱自清两位大师不谋而合。

因为我们人静下来，夜晚才显得安静；因为我们的心宁静了，才会看到夜晚的生动。

人生况味寄书衣

邸玉超

　　在现当代文学史上，开创了"荷花淀派"的孙犁是独树一帜的。《白洋淀纪事》《荷花淀》是他最负盛名和最能代表他创作风格的作品。1992年《孙犁文集》八卷本出版后，孙犁老人对家人说："我这一生什么也没有，就有这么几本书。"就是这几本书，给多少人以挑灯夜读之乐，给多少人以生命的感动和历史的怀想。

　　孙犁之所以成为文学大家，与他具有渊博学识是分不开的。他的一生是爱书、读书的一生。

从《孙犁书话》一书中你会领略到他读书之多、读书之广。《孙犁书话》作为"现代书话丛书"之一，一直深受读书人的喜爱。这本书的编者金梅在"编选后记"中说："孙犁是一位富于创造性的文体家。他娴熟地把握了书话这一散文特殊文体的特征，善于从书中抓取一点因由，一点使人感兴趣的材料，然后举重若轻地随意说些自己独特的感想。新颖轻快，意趣盎然。"而我尤喜欢其中的第五辑"书衣文录"。

"书衣文录"是孙犁创造的一种独特的日记式书话。少则十余字，多则二三百字，记下书里书外，社会人生，自曰"书衣文录"。其中有书的来龙去脉，读书心得；有思想情绪，生活状况；有旧人时事，世况人情。人生酸甜苦辣百般况味，自笔端流出，一段历史，一段记忆，渗透在书皮上的一根根纤维中，成为今人的参考，后人的观照。这种日记性质的书话现在已被许多读书人和藏书人仿效。

《孙犁书话》收入 1973 至 1976 年间的"书衣文录"近二百则。

　　七十年代初，余身虽"解放"，意识仍然被禁锢。不能为文章，亦无意为之。曾于很长时间，利用所得废纸，包装发还旧书，消磨时日，排遣积郁。
然后，题书名、作者、卷数于书衣之上。偶有感触，
虑其不伤大雅者，亦附记之。（孙犁序言）

那时，他的书被抄后刚还回来，他做编辑工作之余，天
天以包书皮为乐。孙犁住在天津一大杂院，"庭院甚乱，遇假
日当避后室。然周围无一处安静，嘈杂如下处。""时1973
年12月21日晚，室内十度，传外零下十四度云。"不但环
境差，而且屋子窄小。1975年3月5日传言有地震。"家人
为余相度避身之地：一床下，一书桌下。床下必平躺，桌下必
抱膝。一生经历，只此一着，尚未品尝也。"七月间"大雨成灾，
庭院如潭，家人困处，我自包书。积水未撤，屋漏，滴水未止。"
一代文学大家，生活如此凄惨，慰藉他心灵的，唯有书籍：

昨夜梦回，忽念此书残破，今晨上班，从同事
乞得书皮纸，归而装修焉。能安身心，其唯书乎。

他是达观的。不能左右时代，但可以幽默自己。别人常
与他借书，时有不惜书者。一位部队后勤军官还回的书上满

是污迹，孙犁写道：

　　彼近年以职务方便，颇读中外小说，并略有藏书。对此书似无兴趣，送还时，书面油渍颇多，盖彼习惯于开饭时阅读，而彼等之伙食，据他说办得甚好云。

……

　　余中午既装《小说考证》竟，苦未得皮纸为此书装裹。适市委宣传部春节慰问病号，携水果一包，余巫倾水果，裁纸袋装之。呜呼，包书成癖，此魔怔也。又惜小费，竟拾小贩之遗，甚可笑也。

　　既是自嘲，也是自信。

　　他记录日常生活细节："昨日从办公室抱回茄子五枚，小黄瓜二条，用八张报纸裹之，尚恐街头出丑。两手托护之，至家极累。"这一天谣传地震，"家人大为预防，镜框油瓶布满地下"。他述身世际遇："阴历四月初六也，为余生日，与小女共面食。年六十三岁，身德不修，遭逢如此，聊装旧籍，以遣心怀。"他感叹时世："红帽与黑帽齐飞，赞歌与咒骂迭唱。遂至文坛荒芜，成了真正无声中国。"

　　"书衣文录"的语言文白杂糅，雅俗共赏，既有文言的高贵典雅，又有白话的亲切随和。文风既幽默诙谐，又庄重深刻，适合百家口味。

读山

邸玉超

　　《台湾游记选》是很有特色的一本书，它向我们打开了一扇窗，我们从中可以尽情浏览台湾岛的旖旎风光和风土人情。台北娃娃谷的峭壁流泉、鼻头角的鸥鸟；台中日月潭的碧波夕岚、埔里的彩蝶；台南阿里山的云海、东海岸的怪石，无不让人心驰神往。我们熟悉的台湾作家余光中、林清玄、钟理和等名家都有作品收入。读书，也如登山，每读过一页，就会期待下一页的风光。

　　《台湾游记选》中收录了余光中写于

1972 年的游记《山盟》，此作堪称当代华文经典作品之一。

余光中的诗早就读过，他的《乡愁》在大陆妇孺皆知，他的《寻李白》让多少诗人汗颜。但读书多年，我还从未读过这么好的游记。文学大师梁实秋评论余光中"右手写诗，左手写散文，成就之高一时无两"，这样的评价，余光中名副其实。

《山盟》是阿里山游记。文章以阿里山为媒介，抒发的是藏在余光中心中的浓浓乡愁，是对"老家"的深情眷恋。余光中的情感不仅是对故乡山水的怀念，更是对中华文明史的追思，对生命之源的追索。

> 那不是朝山，是回家，回到一切的开始。有一天应该站在那上面，下面摊开整幅青海高原，看黄河，一条初生的脐带，向星宿海吸取生命。他的魂魄，就化成一只雕，向山下扑去。

> 体魄魁梧的昆仑山，在远方喊他。母亲喊孩子那样喊他回去，那昆仑山系，所有横的岭侧的峰，上面所有的神话和传说。

游记写得大气磅礴，深邃丰富，诗意浩荡，神采飞扬。想象驰骋，感情真挚。他希望他的女儿们认祖归宗，与故土血脉相连。

他把一枚铜币握在手里，走到潭边，面西而立，心中暗暗祷道："希望有一天能把这几个小姐妹带回家去，带回她们真正的家，去踩那一片博大的厚土。"

历史让人清醒，乡愁使人多情。余光中在接受采访时说："从二十一岁负笈漂泊台岛，到小楼孤灯下怀乡的呢喃，直到往来于两岸间的探亲、观光、交流，萦绕在我心头的仍旧是挥之不去的乡愁。"谈到作品中永恒的怀乡情结和心路历程时余光中说："不过我慢慢意识到，我的乡愁应该是对包括地理、历史和文化在内的整个中国的眷恋。"这就是中华之恋吧？

《山盟》让我懂得，海誓山盟，不仅仅是对爱情，对故土，对祖国，对亲人，都可以真情盟约：我爱你，始终不渝、天长地久。

十几年前，我们几位朋友常以登山为乐，骑着自行车远行百里，游山玩水，怡情健身。我还曾写过一篇游记，名《翻山越岭》，这里全文转载，以资纪念已经英年早逝的我们的同游者崔守春。

翻山越岭

　　我与几位友人——铁军、连信、守春、兆伟曾四探劈山沟，后一次是本年4月17日。这日的太阳已不是昨日的太阳，因为刚落一场春雨，阳光骄而润，渗入皮肤，暖暖的如女人的鼻息。农人家门栏斜搭着，狗们卧在半掩的门框旁或倾斜的马车箱下，替忙着种地的主人守家望门。浓眉大眼的毛驴在田地上喷着响鼻。往日山口等候游客的驴车杳无踪影。顺山谷而行，山是去年的山，只是换了衣裳：朝阳处杏花烂漫，招惹蝶翅翩翩；背阴处桃花刚刚吐蕊，努着嘴，怨石崖心冷。然去冬的冰足足尺厚，若蜿蜒长蛇，卧于沟底，身下泉音汩汩，如歌如吟。山根的黑土偶托一方春雪，白得耀眼，洁得心净，舔一舔比砂糖还甜呢。四次探望，却还是第一次得这四季交融的景。

　　敖汉旗看门人许是忙于点种，推门，空无一人。我们一步就跨过了省界，到了河北。虽说省了门票，但让人陡生冷落。我们与看门人甚熟，每次都到他的土炕伸伸腰，唠唠嗑。他喜欢喝我们带的朝阳啤酒，我们馋他墙上挂的白磨。每次老人都问，你们怎么进山就不见回来？老人家不晓得，每一次我们都是翻山越岭，游的是山，玩的是水，我们的出路在山的另一面：古山子水库。我们不走回头路，也不走老路，每次翻山都踏出一条新鲜的险境。我们的生活总是重复着许多东西，我们的工作也离不开许多旧的套路，怎能再让身心生出苔藓？爬上山顶，大山，就成了一块望风景的垫脚石。这时，真切地听到有人喊我们中一个人的名字，循声望去，却是对面更高处牧羊人在吆喝散乱攀岩的羊群。这景色是让人心疼的，为那被啃的草芽、野杏的花儿，也为那羊、那牧羊人。谁不盼望葱郁的春天早些降临呢？好在人们已开始珍惜绿色。就在山下"响泉"边吃饭时，谁把空易拉罐扔进流淌的泉中。友人守春即告诫：注意保护环境。是的，"我们只有一个地球"。B·沃德和R·杜博斯似乎在拍我们的肩头，让我们担负起"对一个小小行星的关怀和维护"的责任。

　　如果是夏季，草繁枝茂，华盖托天，一只脚不知踏向何处时，该是"上山容易下山难"，而此时虽说山崖陡峭，斧劈刀削，时时提防滚落谷底，但一目了然，总比上山省力。我们是和太阳结伴滑下山的，远处的柴烟已化入薄云。此刻的景色，去年我写过一篇小品，现续此：

　　劈山沟后山孤寂寥寞，人迹稀少。顺沟筒而进，三面青峰陡立，沟平而宽，遍布奇岩怪石，形状千姿百态。或卧牛反刍，或白羊舐犊，或青龟探颈，神形兼备。有土处皆生杏树，一株株、一丛丛、一群群，矮至没膝，高至过顶，满枝青果串串，如不惧酸掉牙齿，张口可得。淙淙小溪是顽皮村童，喊着"我在这呢，来找我呀"，而你只闻其声，不见其影，被人寻了，它便咕咕直乐，欢悦逃开。后面拖一帧白石先生的"鱼戏图"与你。偶一处，溪上聚百朵素蝶，唯杂色是淡紫，欲挥不散，欲捉不忍。没去过云南蝴蝶泉，想必也当如此吧。

　　山中有农户一家，茅屋三间，黄牛一栏。生人至，有卷尾家犬空吠，引众山合鸣，不乏知音。上行，

山与坡不再明了，底层多是杏树、榛树，以上便是
滔滔松林了。沟渐窄，秃石变大，或独立，或相依，
头重脚轻，摇摇欲坠。根生于泉水之中，石上开花
吐草。仰望四周，峰峦秀齿，白云齐眉；回溯沟谷，
草木葱茏，泉音铺路。山中寻不着一片纸，一个塑
料袋，一根烟头，工业文明在此无立锥之地，唯有
飞鸟、山羊，轻薄的足迹沟通着生命的脉系。此山
意在一个情字，趣在一个野字，不品、不尝、不悟，
没有交流与体恤，便是荒蛮。

归途，守春说，比去年要累，铁军和连信也说
确是，翻山越岭六个小时呢。后来就有人提议："夏
天去内蒙古草原，骑车去。"兆伟说："要能有时
间就去香港，徒步去。"

明月照我心

张静

一

　　晚饭后，一本书读倦了，我通常会依着窗户朝外瞥几眼。

　　连续几个夜晚，眼见窗外的月色越来越明澈，才忽而惊觉，哦，又一年中秋将至。这月儿像长了脚丫似的，在院子的几座楼宇之间时隐时现，不一会儿，便挂在街边的树梢上，俏皮地眨着眼睛，一缕满满的清辉从树的罅隙里洒落，给人无限温暖和清宁的感觉。

一直以来，我是很欢喜这一城浓浓的月色的。自然会在暮色下沉时卸下一身的烦冗和琐碎下楼，一个人走上那条长长的河堤。

和喧嚣的街头巷尾相比，秋夜的河堤公园是安静的，潮湿的。沿着河堤行走，一只只蛐蛐儿在草丛里、树荫下，不厌其倦地叫着。这叫声越来越稠密，叫得小城的秋天也似乎越来越明晰了。

披一身月色行走，亦是我向往了很久的一件事情，可以沐浴月华如水的清亮，触摸月上心头的清婉，而无论哪一种，都会使人莫名惊喜与感慨。比如此时，我就站在蜿蜒绵密的渭水边，两岸高楼林立，月光潋滟，万家灯火正当时。若是盯着多看几眼，那一盏盏灯火和一弯弯月色里满溢的温暖与温情，足以洗去人一天的劳顿和倦怠。

怎么不是呢？在我的小城里，月儿最圆、最亮时，正是中秋团圆时。这团圆的浓浓心意，少不了月饼的衬托。和小城耳鬓厮磨二十多年了，眼瞅着礼盒里的月饼越来越精致，古老的中秋越来越富丽堂皇。只是，那月色里的厚重却愈来愈黯淡了，倒是记忆里一些与月有关的文字，每每赊来把玩良久，总有难以释怀的感慨。感慨那似乎专为情爱和思念而生的旧年月色里，有人在洒满月光的窗前，两只温暖的手掌彼此攥紧半生半世；有人的情书皱巴巴的像件旧衣裳，在月光下，黑色的零星字句，敲打出一处相思两处闲愁的怅惘；有人在异乡，默默打包堆积在一起的思念和牵挂，细心用礼盒装好，隔着千山万水邮递而出；还有人默默地、不声不响地走开，仿佛自己从来就没走进过那浓得化不开的月色。

　　夜幕沉降，小城褪去一天的繁复和喧嚣，渐渐安静。抬头看，清月如钩，星河灿烂，一个人，消磨在这一地月色里，一种难以掩饰的孤独和怅然瞬间席卷了我。与此同时，那些在月色里浸泡的怀旧思绪，从墨间醒来，成为月光下一堆熊熊燃烧的篝火。

二

　　"月亮进来了！我们看时，那竹窗帘儿里，果然有了月亮，款款地，悄没声地溜进来，出现在窗前的穿衣镜上了：原来月亮是长了腿的，爬着那竹帘格儿，先是一个白道儿，再是半圆，渐渐地爬得高了，穿衣镜上的圆便满盈了……"

这是我早年读的贾平凹老师《月迹》中的一段。记得初读时，一股暖意如涓涓溪流滑落心底。是哦，在老师的记忆深处，故乡之月承载着儿时的欢乐无限。那会儿，月亮是会行走的。行走在镜子里、杯子里、院子里、桂树上、河湾里，当然，更在老师心窝里。我一定能够想象得到，待他搁笔时，一幅月色朦胧，恬静静谧的月之水墨正在纸上跳跃呢！

后来，读老师《树上的月亮》，又是别有清韵。可不是？"月亮已经淡淡地上来，那竹在淡淡地融，山在淡淡地融，我也在月和竹的银里、绿里淡淡地融了……"浸在这样的月色里，我相信即使再粗俗的人，也会在月色里沉静起来。而先生《夜在云观台》中的月，则填满一种脱俗的禅味。尤喜欢老师"独坐在禅房里品茶。新月初上，院里的竹影投射在窗纸上，斑斑驳驳，一时错乱，但竿的扶疏，叶的迷离，有深，有浅，有明，有暗，逼真一幅天然竹图。推开窗便见窗外青竹将月摇得破碎，隔竹远远看见那潭渊，一片空明。心中就有几分庆幸，觉得这山水不负盛名，活该这里没有人家，才是这般花开月下，竹临清风，水绕窗外，没有一点俗韵了。"

是哦，这禅房赏月，品茶，观竹，细细品读，几分宁静，几分淡然，又几分豁然！

读完这些字，我的眼前，也忽而浮现出幼小时中秋之夜的情景来：爷爷和奶奶，父亲和母亲，还有叔叔和婶娘们一起围坐在院子里葡萄架下的石凳上，一只白净的瓷盘里放着六块月饼。盘子旁边，是奶奶奉供的香炉，香头处星火缭绕，艾蒿的香气弥散在空气里。这是奶奶自己制作的土香，那香味，驱走了蚊虫，也驱走了邪毒。大人们说说笑笑，闲话家常，我们七八个孩子，关心的是盘子里的月饼，一个个安静等着月亮下去的时候，就可以分月饼吃了。

经年之后，当我离开老屋，它再一次悄悄地爬上了树梢，爬上了窗棂，爬进了我的心里时，我豁然开朗：原来，这头顶的明月，即便再经历无数次的月亮盈亏，即便再远隔万水千山，储存在心里的那一盏白月光，也会牵着漂泊的游子缓缓而归，这只"脚"呀，趟过海角天涯总能寻觅到亲人的足迹！

三

"一张比一张离你远。一张比一张荒凉，检阅荒凉的岁月，九张床。"

读懂余光中这篇《九张床》时，我已为人妻为人母。依然记得第一张床在西雅图的旅馆里，面海，朝西，而且多风，风中有醒鼻的咸水气息；第二张浮在中秋的月色里。听不见海，吹不到风，余老在那一片月光里，想起儿时的天井和母亲做的芝麻月饼，想起旧院里轻罗小扇的闲适，更想起重庆、空袭的月夜、月夜的玄武湖、南京……直到曙色用一块海绵，吸干一切；第三张在爱荷华城。林中铺满清脆的干橡叶，另一季美丽。最让我唏嘘的是第六张床，虽然是柔软的席梦思，但他睡着并不踏实，他在"月色如幻的夜里，有时会梦游般起床，启户，打着寒战，开车滑上运河一般的超级公路。然后扭熄车首灯，扭开收音机，听钢琴敲叩多键的哀怨，或是黑女肥沃的喉间，吐满腔的悲伤，悲伤"；而最后的第九张床，他与死亡擦肩而过，庆幸自己还活着，床在楼上，楼在镇上，镇在古战场的中央。他一遍遍怀想："想此时，江南的表妹们都已出嫁，该不会在采莲，采菱。巴蜀的同学们早毕业了，该不会在唱山歌，扭秧歌。母亲在黄昏的塔下。父亲在记忆的灯前。三个小女孩许已在做她们的稚梦，梦七矮人和白雪公主……"我清晰地看到，这梦幻般的希望滋生于一片月色深深中，他的眼底，一只膨胀到饱和的珠母，将生命分给生命。

　　如今，再读《九张床》，一张比一张觉得凝重和怅然。我在叹息，余老漂洋过海不知经历过怎样的繁华和落寞。他的内心深处，每张床，都浸满了对于故乡的怀念，乃至于我也在想：若有一日，枕一张飘在异国他乡的床，是否自己也可以一伸手，便可握住李白诗里的月光？

　　想归想，我又何尝不眷恋这一地月色呢，它们如一曲良宵引，唤醒多少我年少的回忆？比如每到月圆时，村子里的疯子八爷，满身脏兮兮地坐在皂角树下，叼着一根旱烟卷，星星点点，明明灭灭，他在对着月儿兀自絮叨一段让人耳朵都能生出茧子的故事。全村人都知道，八爷在絮叨那个偷偷跟着瓜客弃他而去的女人；还有老屋的木格子窗，大红窗花的缝隙里，奶奶就着一盏煤油灯，给刚学会走路的小堂妹和小堂弟讲狼和羊的故事，我和几个稍大一些的堂弟、堂妹，坐在厨房的门槛上，在月色里眼巴巴地等待秋收的母亲和婶娘们。一口大铁锅里，奶奶熬好的米粥散发出诱人的香气。可月色越来越明亮，母亲和婶娘们总不见归来，弟妹们等得不耐烦了，索性就着月光，背着唐诗，写着唐诗，唱着和月亮有关的歌谣……

这一幕，早已不复存在，可我却深深念及。或许有一天，我成为一堆白骨，我的儿孙们，也和我一样，迷恋这一窗的月色。

四

月圆夜，独坐，心中会有很多写字的冲动和欲望的。可执笔，总有一种难以触摸的恍惚感清晰存在。恍惚过后，心底涌动的惦念和牵绊，会像雨后攀爬在墙角的藤蔓，疯了一般地滋长。我一支拙笔，难以抒尽一腔的情怀和感叹。坐卧不安时，又起身，来到窗前。窗外的月光依然很明净，只是，比肩林立的高楼时而将它遮挡得只剩半面妆，我使劲张望半天都觅不到一片月儿的影子。不知什么时候，一不留神，那弯弯的模样，又会在窗前探头探脑地飘摇而过，一份明澈和轻柔拂了我满身满眼呢！

待心绪稍微安静，又一头扎进一篇又一篇的墨香里，念及那些熟稔的、亲切的，被烙上月痕的词赋雅韵。你看，盛唐的月亮从渭水岸边升起来了，白衣飘飘的李白站在灞桥上，端着酒杯，跟多情的月亮对酌，醉了后，唱着"人生得意须尽欢，莫使金樽空对月"，沉沉睡去。

当然了，我是喜欢李白的，在其众多的诗文里，关于月的很多。有美丽如画的"长留一片月，挂在东溪松"；也有妇孺皆知的"举头望明月，低头思故乡"；更有流传万古的"暮从碧山下，山月随人归"。细细读来，这些诗句背后，似一幅温暖幽静的水墨画。画中人，或闲适，或深情，但都喜欢踏月而归，望月抒情。

友人说，诗文里的盛唐，其月色明丽绚烂，活色生香。比如强悍如男的公孙大娘月下舞剑，英姿飒爽；胡姬月下曼舞，婀娜多姿；至于那张旭在月下狂草的潇洒，就更让人神往了。这盛唐的月，若一步一步靠近，一步一步观之，犹如玉盘明镜，照亮了一个民族的盛世和泰，也滋养了一个民族的文明昌盛。

相比之下，宋时的月，大抵是受东坡先生影响颇深的缘故吧，总觉得，那月色一直在居士的酒樽里飘忽不定。你瞧，他洒酒祭月，中秋夜多了几分凄清和寂寞；他对月抒怀，那弯弯清月，又幻化成漂泊天涯的游子一双又一双浑浊含泪的眸子。若你再随着我一路追逐，还会看到：宋时的月，洒在李清照的庭院里，她漫步其中，举首望月，唇角微微叹息，挡不住的落寞落在西风里；会看到林逋隐居孤山，梅妻鹤子，推开窗，也只望见西湖哀婉的月影；更会看到，岳飞仰天长啸，八千里路云和月的战乱之中，将士营帐外的月亮也只剩下悲壮的血与泪；至于之后的宋徽宗被金人俘虏，在荒远的五国城里度过了一生中最后一个中秋，他遥望中原故国，那月亮一定是浸泡在泪水中的碎片。很显然，宋时之月，成了清寡文人盛放孤寂、没落、忧愁、悲怆心灵的栖息之所。

夜渐静，有些凉意，踱步窗前，欲掩上半扇，却正好和挤进来的月色撞了个满怀。那一瞬，内心深处陡然升起一股热望：若垂暮之年，睁开混沌的眸子，抬起僵硬的胳膊，捉一弯月色于掌心里摩挲，直到那月色被揉搓成一块一块。这一块写满人间褶褶皱皱的故事；那一块，暂且空白。待月圆时分，我泼了墨，学着古人的模样，侍弄一番辞赋与风雅。这种可能，尚且还是有的吧？

一座烂城，浮世绘尽

——读蒋兴强的长篇小说《烂城》

张静

春花灿烂的时节，喜闻老友蒋兴强先生的长篇小说《烂城》尘埃落定，心里很是振奋和欣慰。

我认识先生有四五个年头了，相互成为好友，主要源于先生的文字。长期从事报业和新闻记者的他，动辄一篇篇纪实或采访美文写得洋洋洒洒、酣畅淋漓，也练就他一手深厚老道的文字功底，这大抵是所有报人的共同特点吧。平日里，官文之外，先生多以散文为主。很喜欢他的《食说腊肉》和《父亲学石匠》，笔力深邃又浑厚大气，语言精练又朴素唯美，这两篇散文都曾获过奖和入选不同的散文集，令人印象颇深。

　　蒋兴强先生写小说仅是从最近几年来才开始的。处女作《瓜客》一出手便不同凡响，并荣登《青年作家》2010年第四期头版头条，这无疑给他的小说创作带来无穷的激情和动力。之后，先生又创作了几个中篇，其中比较有影响的《丢失的人》刊发在《滇池》2014年第三期，一月之后，又被列入《小说选刊》2014年第五期"佳作搜索"栏目。记得当时编辑是这样推介的："七十八岁的江长水老人，有三个儿子一个女儿，甚至一个儿子还是亿万富翁。原本应该过着儿孙绕膝、无忧无虑的晚年，却因为寻找离家出走的孙女而与女儿顺丽一起，成了'丢失的人'。"小说批判了金钱对人心的腐蚀和约束，令人异化，使亲情破碎，其含沙射影之力量足以警示当下。

　　要说的是，蒋兴强先生此次完成的长篇《烂城》，是先生耗时四载又一次奉献给读者的精神和文化大餐。在看到他笔墨谆谆落下的那一刻，我想，我和他的心情是同样的。曾经，多少个夜晚，陪着《烂城》一起欢笑，一起忧伤，一起感动，一起愤懑。这期间的个中滋味，大抵只有南来的风、北去的雨，或者那一窗的弯弯清月，深深懂得吧。

先生碰触小说并不太久长，但其深厚的生活底蕴，辛辣老到的语言，加之对文字精雕细琢的严谨和从容，犹如清风朗月，都给我留下极其深刻的印象。我的文风很大程度上得益于千里之外的先生不辞劳苦的点拨和指正，感谢之语不在这里——赘述了。

文学即心学。这句话，在先生小说里得到非常清晰的印证。读先生小说，无论是脍炙人口好评如潮的中篇《瓜客》，还是令人百感交集唏嘘长叹的《钱殇》，无不彰显出先生倾尽满腔的笔墨和情感、为草根百姓发出的呼唤和歌唱，他一次次关注民情、民生，关注草根百姓的冷暖与福禄，这种担当肩负和写作姿态，在当下千姿百态的文字百花园里，显得多么弥足珍贵。

和前几个中篇不同的是，《烂城》走出了一条更为丰富、更为坚实、更为深远的创作之路。这篇四十二万字的长篇力作，依托先生所在的都市正在进行的城市建设大潮，依托他熟稔的新闻媒体，揭露了都市地产、媒体、政府盘根错节的利害关系。

这种关系，在整篇小说里构成了一张大网。那张网里，有政府官员之间相互勾结，趋炎附势的媚态；有地产老板无视国法，恶意开发，任意践踏百姓人权和尊严的丑恶嘴脸；有草根百姓遭受家园掠夺，生活窘迫，流离颠簸而无处申诉的悲哀；有一界文人一支笔艰难地行进在道义和良心的夹缝里所承受的奋斗、矛盾和痛苦以及他们饱满深沉的感情世界。不能忽略的是，小说里，先生不惜笔墨，也为我们勾勒出现代都市里形形色色的女性群像，她们以各自的方式存在着、挣扎着、迷失着、善良着、温情着、堕落着，从而折射出被繁华和喧嚣掩盖下，女性内心的精神世界里满布的千疮百孔。这些情节，如一张真实的年景画片，或莺歌燕舞、风清月白，或粗粝狰狞、污浊不堪。无论哪一张，都给读者带来莫大的温情、莫大的讽刺、莫大的苦难以及莫大的良心呼唤。通读下来，人的思绪，随着小说情节的跌宕起伏，时而感动，时而纠结，以至于每个章节读罢，先生笔下那些人物的悲喜愁乐，总在眼前挥之不去。

其实，我是个读书不很用心的人，而《烂城》却一直在读。甚至，内心深处有一种莫名的牵绊和依赖，总想探究小说的情节走向和人物命运。欣喜的是，先生视我为知交，每一章节新鲜出炉，我总是第一个读者。记得先生《烂城》落笔的那一夜，我的小城云野四垂，枯寂满天。冬天的风儿从窗户的缝隙里灌进来，也灌进我的衣袖。我坐在小屋的角落里，表情僵硬，思绪呆板。整个人都在恍惚之中，意识模糊，而思绪似乎还停留在舒洁死去的忧伤和叹息里，无法走出来。这个女子，应该算是整篇小说里最正气、最智慧、最能干、最充满灵性、充满温情的角色，也是我深深喜欢的女子。而她在先生的笔下，化为一座沉睡的孤坟，小说的男主人公——《京都晚报》记者默言，在逶迤的山路上，一个孑然的身影，向着山垭缓缓而去……那一刻，我怎么也接受不了这个事实，和先生争得面红耳赤。争到最后，先生沉默不语了，只让我自己好好回味。

待春天里，当我读过陕西向岛老师《抛锚》之后，恍然大悟：或许，最动人的美，在于残缺，在于空渺。这样用极其盛大而荒芜的方式来安放一个大起大落、大喜大悲的思想和灵魂，亦是小说艺术存在的独特魅力。

蒋兴强先生是个多面手。这一点，我曾在《瓜客》里早已知晓，那浓郁热烈的异域民俗，淳厚温良的民风性情，鲜活得如同我自己身上也披了一层彩云之南的云裳。而《烂城》里，他在描写官场百态和杂沓市井里一个个人物的出场离场的过程中，将音律、诗歌、美学、饮食、丧葬、古玩、建筑等多种文化符号，像一枚枚精致的纽扣一样用心穿起来，一针一线缝制在刚直不阿的主人公——新闻记者默言大半生的工作和生活空间里，我在细读的时候，这一枚枚小小的纽扣，不经意间，闪烁出动人的光亮，给人以视觉上、精神上美的享受。

我一直认为，一个作家，书写当下和眼下的生活，并不都是顺畅的。现实之中，一些顾虑，一些障碍，都在不同程度影响着、制约着作家纵情构思、奋发书写的姿态。而蒋兴强先生没有缩手缩脚，他的视觉、笔墨，直抵当下社会存在的顽疾深处那条大动脉的血管，赤裸裸地划开一道火辣辣的口子，任凭血管里冒出汩汩的热浪，将他整个人淹没。在《烂城》里，生意场、官场、情场上，处处陷阱，步步惊心。人的贪婪欲望之充盈，灵魂裂变之可怕，人性丧失之可恶，在他笔下十分开阔，而表达上又能游刃有余、收放自如，无疑给小说增强了阅读的诱惑感、兴奋感，这是十分可贵的。

　　近来，从蒋兴强先生那里得知，《烂城》即将出版，心里又一次为他惊喜。可不是？好的、正直的作品，最终会得到人们的青睐和认可。且我深知，先生写《烂城》的时候，是一步一个脚印，每一章节，都是他用心用力、扎扎实实完成的。在《烂城》里，我读不到那些聪明耍滑的作家惯用的回避和跳跃。毋庸置疑，先生在使出全身的气力，迎难而上，这是需要相当大的定力和智慧的，我不能不佩服先生的勇气和胆魄。

　　不止一次听过一些作家嘴里经常念叨，现实是骨感的。这种骨感，需要用文学的任何一种体裁来彰显和放大。蒋兴强先生恰就充分利用小说尽情编造故事，尽情拿捏人物百相的独特方式，来为我们精心铺排了一个城市的精神和道德沦陷。面对沦陷，他没有隔靴搔痒，有的是切肤之痛，有的是沉重的思考。记得我曾在他的《钱殇》里说过，一篇好的小说，应该是作者蘸满真诚，倾尽笔墨来眷注这个世界，去触摸生命的可贵、呵护心灵的感动、倾听灵魂的召唤。这一点，蒋兴强先生的《烂城》依然做到了，又是一喜！

　　写下这篇文的时候，春天早已过去，我的小城暑热当空，心亦随着日渐袭来的喧嚣难以宁静。再读《烂城》，恍惚中看到，那个已过五十知天命的记者，叫默言。他的梦，破灭后遗失在身后高楼林立的京都市，而属于《烂城》和蒋兴强先生的梦，才刚刚开始。

散落的幽香
——读卢文娟散文集《一帘幽香》

张静

在雨天，适合读书。比如初夏以来，窗外断续有细碎的雨，时不时地落下来，我捧着一部来自故土的手稿，如同面对一个人、一段时光。

在读文娟的散文集——《一帘幽香》。那清新隽永的小字里，带着一撮青草淡淡的香气，一朵莲花优雅的贵气，将我整个人淹没了。游走在她的字里行间，我捕捉到了一个女子，对于乡村和童年、青春和红尘、生命和岁月，诉说不尽的留恋和深情。

和文娟一样，我也生在那片熟悉的土地上，那里的窑洞、土炕、古槐、水井、沟壑、麦田，熟悉得如同我身上一件遮风挡雨的衣物，无论走到哪里似乎都带着自己的体温。在我的记忆里，外婆和村里的女人们弓着腰在自家院子里，摇着辘轳，也摇着一段段流年和岁月，铁桶拽着井绳一路向地下深进，水窖口的上方弥漫着一团白生生的水汽，带着一丝清凉或一抹温暖；外爷赶着牛，上一道塬，下一架坡，那牛儿哞哞叫，外爷嘴里叼着一根烟杆，裤脚塞进布鞋里，一日一日牵着牛儿犁地，拽着牛儿饮水，看着牛儿吃草，听牛儿的蹄子嗒嗒响彻，是外爷脸上永远的微笑……

在开篇的"亲情感怀"里，我看到了小米、桃园、布鞋、草帽、母亲的衬衫、父亲的收音机，还有长及胯下的书包，这些带着那片天空下特有的物件，串起早些贫瘠的岁月里一些熟稔而难忘的回忆，足已温暖和慰藉一颗游离得太久的眸子。你听，她在用心告诉我，纵然时光如水，灯影里那熟悉的身影，夕阳下那渴望归家的眼神，风雨里那执着的坚贞，都无法令人忘却。尤其是那句"孩子，别走太远，再远也要记得回家的路"，瞬间让我泪流满面。

　　我的童年也在乡下度过，虽然不曾富有，甚至有些粗粝，却照旧让一段简陋的时光滋生出一份无忧无虑的童稚和快乐。从开蒙之初，我和大地云朵、树木花草、鸡鸭蛐蛐、石子铁环以及沙包等相依相守。

　　如今，我从那片生我养我的土地上走出来了，我在喧嚣繁华的城市，撒下一粒种子，生根发芽、喘息生存。可我自知，我的骨血里注定有尘土、沙砾和种子，此一生，我注定和大地有着不可割舍的情感。无论我走了多远，只有那里，可以安放我疲惫的身体和灵魂，有一道深深的刺青划过我的肌肤，让我记得自己生命的根，记得黄土下故去的亲人，记得渐渐老去的村庄。

　　非常幸福而幸运的是，这种感觉，我在文娟的"童年记事"中找到了。瓜田里看瓜的趣事、桃园里仰望星空的幻想、河滩上踏过的深浅脚印、地里采摘辣椒的繁忙，还有那滔滔流逝的渭河水、拉着架子车赶船的农人、打谷场上用拖拉机碾麦子的场景，一幕幕，熟稔而亲切。

　　读到这里，我不禁问自己，不知是曾经的梦幻唤醒了童年的纯真，还是往日的故事唤醒了儿时的记忆，我早已不能分辨清楚，我只看到那一双怀旧的眸子，在锈迹斑斑的渡船边怅然、捕捉飘满槐花香的林场、乱草中狂奔的野兔，以及躲雨的小木屋里美好的憧憬，怎能相忘？

　　青春是什么？是那一低头的温柔，似一朵水莲花不胜凉风的娇羞？是那在氤氲的水汽里轻歌曼舞，在旖旎的风光里漫步徜徉？我在努力张望曾经拥有过的欢颜和忧郁、朦胧和羞怯。原来，那挥不去、剪不断的，说不清、道不明的年少风华和轻狂，亦似鲜花和嫩草一般，弥散在一个少女的青葱岁月，欲说还休！

　　这一章的"青春咏歌"唱得风水生起，活色生香。你瞧，她着一身华美的旗袍，静坐在明净的湖畔，抿一口清茶，看天边余晖，等待心爱的人前来，共演绎一场风花雪月的故事；看她采摘一朵白云化作一袭裙裳，让美丽和风情随着裙裳一起飞扬飘逸；也看她的长发飘飘，摇曳出"云鬓轻摇碎金步，芙蓉花开颜色好。若是家在溪水处，云深松高旷野低"的浪漫；又看那花似佳人，掩着女人温婉如玉的质地和素养来，从而文字调制出感恩岁月、感恩生活的豁然。

　　她在做一株莲花，守着清淡，禅一般的寂静。她在一个小镇里，和友人一起，咖啡煮时光，时光慢下来了，两颗恬淡的心在静谧的空气里酝酿着人生的美好和希望，皎洁的月光不知何时悄然跃入咖啡杯里，月光在咖啡里冒着热气，被咖啡连同皎白和柔美一起煮融了……多么美的意境！

接下来的"书香人生"里，我更感受了一个精致女子，与书为伴，枕书而眠，你听，静夜里，她"掀开一本书的扉页，一股淡淡的墨香扑面而来，尘嚣顷刻间离我远去。走进书的世界，只觉得岁月简静，身边的万物都消退了影踪，只有一颗心和一本书在静静对话。我是多么希望能这样一直读下去，读到地老天荒，沧海桑田"；你再听，"半亩方塘一鉴开，天光云影共徘徊。开一卷书，只觉云影共鉴，空山鸟语，水流花开，日子安谧。在唐诗宋词里行走，在前尘往事中徘徊，在古今文人心灵里漫步"。这是她的"青春咏歌"，或许也曾经是我的。

我本一俗人，自然逃不脱五谷和红尘，甚至，我会将自己淹没其中，跋山涉水般去丈量每一寸的心绪和心意。掩在文娟的"红尘遐思"里，她用心告诉我，生活是需要体悟的，若是没有用心过每一天，那必是一件枯燥的事情。在懂得感悟的心灵里，一片云、一朵花、一滴水、一片雪……千山万水、红尘万物，丝丝缕缕都会在心中泛起涟漪。是春天里船儿载着少女的梦，是夏风里白云飘过的一抹洁白，纵使万年之后化作一粒微尘，她笑着告诉世人，我爱过红尘，爱得坚决，爱得深沉。正是这样一颗明净朴素的心，她会恋上一片光阴，守望一颗露珠，在红尘深处开辟一处净土，心似莲花开，那盏"轻挑一根捻子，那如豆的萤火微弱中闪烁着坚韧，给方寸之间带来些许光明"的煤油灯，身上落满了厚厚的一层尘土，却绽放出生命的温暖精彩，让人读来一遍遍回味。

想说，文娟这一纸"人生浅唱"是真诚的、隽永的，如一条淙淙流淌的小溪，浸润着我疲惫烦冗的肢体，我细细触摸爱心棉衣里裹着的浓情、品味面包时代满溢的仁和、人生冷暖里的折射出的慈悲，浐河边，一个女子浅吟低唱，挡住了车水马龙，挡住了喧哗鼎沸，只留下悠悠岁月淡淡心，一颗凡心走红尘。这种感悟，又是何其难得！

"读万卷书，不如行万里路。"何尝不是呢？一直以来，我们都在用不知疲倦的脚步，丈量白水黑山，触摸绿树红花，蓦然转身回眸，那深深浅浅的脚印里，流淌着我们对大地的深深恋情。文娟亦如此。

这一组"四季行吟"，欢快妙曼，惬意舒畅，沁满自然的灵动、清新。尤喜《夏之韵》，文娟巧手勾勒出一幅清新精美的自然水墨画，呈现出人间的美好与靓丽。其中打谷场的丰收，有着繁忙而殷实的喜悦；而那夏夜，如"含羞的新娘来得较晚，拂去轻纱，抹去白日喧嚣，一声夜鸟的惊叫，推门而出，月儿似弓镶嵌在夜空里，有些美，也有些凉，冷清的柔光散落在硕大的天幕间"；若再细细聆听，还有丝丝的雨声，带着青草的浅香，百花的清幽，混着浓郁的泥土香。零落之时，刷洗着凡尘里红花绿树的尘埃，拍打着小巷大街里久存的微尘。之后，便给你一个明丽爽朗的世界。让你饱览山的眉目清秀，享受叶的青翠欲滴，感受阳光精灵般悸动的跳跃……

读到这里，心儿早已随着她的笔墨，赶赴至那个翠绿盎然的夏，人声、鸟声、雨声、溪流声，声声入耳，也入心。

最后的"岁月感叹"，更多是她行走岁月的一些体验、感悟和释怀。作为年长她十几岁的我来说，一扇窗、一片叶、一个梦，都是身为女子的我们，在太多的疲惫和烦冗过后倾诉的对象，她山一程水一程地走着，且行且歌，让生命、让人生、让岁月灿烂如花。

这个五月，夏意渐浓。对着青白的荧屏，我的案头，黑色的鼠标不停翻动，手指不停敲打，直到她的手稿和我的小字，一起跌落在眼前，似小满过后的谷物，颗粒饱满，而心意阑珊。

吾心安处是故乡

——读刘省平的散文集《梦回乡关》

张静

是在天寒地冻中接到刘省平《梦回乡关》的书稿的。在这样的季节里，似乎人的思维和意识很容易变得僵硬而晦涩，人自然而然会在不知不觉中觅一处小小的角落，那角落里有一道道阳光直晒进人的骨头缝隙和灵魂深处，那种熏暖足可抵御愈来愈重的清寒和萧瑟。

这种感觉，我在刘省平的散文集《梦回乡关》里找到了。这些文字，是一块接一块泥土堆砌而成，也是一片连一片草儿编织而成，更是一粒又一粒雪花凝结而成。

目光行走其间，我仿若觅到一份久违而熟稔的气息，看到了一幅故乡独有的画卷。那浓淡相宜的水墨馨香里，有父亲一锨一锄的勤劳、母亲一粥一饭的操持、妻女一朝一夕的惦念，这一个个曾经为我们遮风挡雨和丰衣足食背影，在回望乡关的路上让多少和刘省平一样的游子愁肠百结。至于他笔下那些活泛而又灵动的袅袅炊烟、鸡鸣狗吠、旷野雀鸣，正纷纷扬扬地喧腾着、热闹着，似一首首动听的歌谣在抚慰着长年累月在外打拼的游子日益疲倦的心。

　　散文是人类几千年传承下来的心灵之书。小散文，大世界，一点也不假！人生悲喜，世态炎凉，以及人性的坚强与脆弱、温暖与感动、痛苦与困顿，甚至自言自语，都在其中烁然生辉。对于离开故乡的人而言，那份镂刻在心上的乡愁总是让人酸楚而甜蜜。北野在《回乡之路》里怅然道："我没有童年也没有故乡，好像一股风把我刮到这个世界上来的。回乡的道路多么令人神往，亲人们的爱足以抵消满世界的悲凉。"我相信所有人读到这句话的时候，都会和我一样泪湿衣襟，就像我们一次次成群结队般地走在回乡的路上，又一次次蒲公英似的散落天涯，这归去来兮中黯淡了多少乡音、发酵了多少乡愁？又有多少人、多少事、多少情，在每一个明月初升的夜晚，让我们枕梦而眠。于是，我再一次安静地把自己掩在这一纸情深的《梦回乡关》中，碾墨铺笺，缓缓与你聆听那从《梦回乡关》里满溢出来的谆谆乡音。

全书分八卷：故园守望、人间冷暖、乡土抒情、红尘漫笔、大地行吟、青春恋歌、秦川人物、艺苑墨香等。刘省平的《梦回乡关》扎根于泥土和草香之中，着墨于乡野和阡陌之上。关中西府苍凉的黄土、醇厚的民俗、淳朴的民风……都在他善良和温婉的笔调里一一呈现，仿若为我们打开一扇心灵的窗户。透过这扇窗，我们和他一起陶然在西府年俗的风趣里，徘徊在生生不息的渭水边，叹息在破败不堪的宅院中；那些让我们难以释怀和忘却的温暖的柴火、美丽的窗花、热腾的火炕、甜香的红薯、劲道的臊子面，绵软的搅团……这些和西府有着千丝万缕的风景和物什，在他简约而质朴的描摹中透出一股子清新悠扬韵味来。与时下那些附庸风雅或媚俗张扬的文字相比，刘省平的散文可谓吹面而来的杨柳风，拂了人满眼满心的温暖。

第一卷"故园守望"，一开始就给人很多耳目一新的感觉。

尤其是《故乡的渭河》，作者以虔诚谦逊的姿态伫立在渭水边，字里行间满溢出世代生息在渭水边上的关中儿女对这条母亲河最大支流的一种敬畏和仰望。春天里渭水浇灌了干枯的麦田，苏醒了满树的槐花，他母亲的槐花饭里洒下了多少动人的微笑。夏天里，渭河成为贫瘠年月里伙伴的天堂，他们在河里戏耍打闹捉青蛙，乐此不疲，这些简单的快乐自然是如今的孩子们所不能体会的。秋天是渭河泛滥的时候，它像一只猛兽，吞噬过多少无辜的乡邻的生命，留下了多少悲怆和辛酸？冬天的渭河，沙尘滚滚，寒风怒吼，白雪茫茫，待它安静下来时，又埋着多少农人对火红日子的期盼？还有《柿子红了》《我的小学》《梦回乡关》《老屋》《远去的时光》等，或倾诉、或白描、或平铺、或抒情，一路读来，一路感人。

父母之爱、儿女之情，永远是人们内心深处最柔软最温暖的东西，自然它也在刘省平的"人间冷暖"里。这是一组集中展现亲情的文字，共十二篇，其中有他对父辈的敬畏和爱戴、对平辈的关怀和怜惜、对妻儿的眷顾和深爱，即使素不相识的民工，他都给予了一番深切的同情之心。《我的伯父》一文，很有代表性。除了一份对伯父的缅怀和思念之外，更重要的是它体现了从旧中国到新中国，大字不识几个的西北农村汉子在大苦大难、大悲大苦、大风大雨面前那种倔强、坚强、隐忍、豁达的性格，他们的心里永远充满了对生活、对生命的热爱，对家人、亲友的责任，这种立意上的宽泛和厚重是一般写人散文所不能比的，也是最难能可贵的。

看到《父母进城来看我》后，我心里涌起一股难以言说的酸楚和无奈。这是我迄今为止看到的此类题材中最与众不同的一种写法了，以至于读完了，我的胸口堵得快要窒息似的。一个在外打工的青年，父母进城来看他，吃的是普通的油泼扯面、西红柿鸡蛋面，父亲还要抢着付钱，三个人挤在一张大床上；还有，父亲站在大雁塔门口舍不得花十元钱门票，还饶有兴致地说，能站在外面看一看就知足了！这一幕幕场景，对于众多进城打工的农家子弟来说何其熟悉。对于此类题材，很多作者可能出于一种虚荣心，总是有意无意地掩饰、回避着原本存在的事实。可刘省平没有这样做，他用一种很是平和的调子，向读者娓娓道出了一份来自父母和儿子心间割不断的人间真情，让人心里暖了又暖、酸了又酸。

接了地气的文字，会让人隔着油墨都能闻到一种浓浓的人间烟火，那些摊开在纸上的素年锦时也会变得活色生香起来。

卷三"乡土抒怀"里，一篇篇饱含着西府人浓厚而热烈的民风习俗和文化情韵奔涌而出。不管是《西府醋香》《陕西的辣子》《秦人·秦面》《西府年俗》，还是《美丽的窗花》《苞谷糁》《火炕情结》《想念搅团》，无不渗透出刘省平对故乡的无限深情和眷恋。面条、辣子、香醋、柴火、火炕、红薯、年俗……这些让人欲罢不能的乡土味道，让人沉醉不已！若是行走在西府的黄土大道中，安身在村落的土墙泥瓦下，即使素面朝天，也能把贫瘠简单的日子过得丰盈而安宁。那些乡土独有的清芬与甘醇、泼辣与豪爽，质朴与憨厚，就这样丝丝缕缕地浸在那些油泼辣子和醋香里，日子忽而如面条一样劲道而悠长。"八百里秦川尘土飞扬，三千万人民齐吼秦腔"，粗茶淡饭如何，素面朝天又如何？这些打上秦人农家独有的烙印，是秦人的魂，更是秦人的脉！

任何时候，爱情都是最美好的，哪怕它只是最初的那一枚青果。对于从青春岁月过来的人来说，"青春恋歌"抑或是羞怯的、青涩的，却总让人难以忘怀。所幸的是，我在过了不惑之年后，还能在刘省平的文章中回味出当年葱茏岁月里如出一辙的年少懵懂的爱恋。相比之下，我更喜欢看《青春暗恋》，故事很简单，暗恋也很唯美，让人回味无穷。那些小小的情思仿若是雪地上雀跃的鸟儿，扑腾腾地蹿进人的心房。那个叫于烈红的小女子"身穿粉红色连衣裙的女生，一张白净的瓜子脸上戴着一副金丝眼镜，两条细小的麻花辫搭在胸前，瘦削的肩膀上斜挎着一个红色的皮书包，声音脆生生的好听"，还有那个小男生"为了不让她受晒太阳的罪，我便主动要求去操场考试。她帮我往外面抬桌子，我忽然觉得好久没看到她笑了，就灵机一动计上心来。刚下教室门口的房台时，我故意装作不小心一脚踩空，接下来一切如我所设计：手一撒开，桌子就翻到在地面上，四腿朝天，我也是四肢朝天。看到这副滑稽样子，她哈哈大笑起来，嘴巴上翘，露出了一对洁白可爱的小虎牙"，呵呵，多么传神入微的描写！我不禁莞尔一笑。

　　人在红尘，左岸江湖，右岸琴声。江湖里的喧嚣和浮华，琴声里的杂沓和纷繁都是世间一景。只是，我们不是孤行者，需要在并肩而行的路人中，擦亮眼睛，卸掉疲惫，丢弃烦冗，让浮躁褪远。刘省平的"红尘漫笔"似乎更偏向于对人生和生活的思考和感悟。《天窗》里藏着一个人孤独的内心世界;《以树为鉴》，对树自省，别有意味; 《溪流的启迪》，是溪流在苍茫的大山间碰撞，最终跌宕出的一番叮咚之声;而在《三十

岁说》里，我听到一个而立之年的男人谆谆心声。《我与香烟》
《关于喝酒》《俗人说茶》等文章藏着一个小男人的成长经历。
酒杯里既洒满了文人墨客的辞赋风雅，也装满了朗朗乾坤的
市井百态；至于茶香里则沁满浓淡甘苦，让人久久回味。

　　"大地行吟"是刘省平对陕西历史名胜和地域文化的一
段缩影的描绘。俗话说得好，江南的绿水养财主，陕西的黄
土埋皇帝。作为一个作家，有义务，也有责任把这块厚重沧桑
的土地上曾经不可磨灭的历史印记传承下来，刘省平做到了。
石破天惊的法门寺再一次以其气势恢宏、佛法无边的姿态让
世人瞩目。寒窑灰尘斑驳、瓦檐凋敝，王宝钏深夜坐在冰冷
的土炕上守望自己赴京赶考的薛平贵，这一守就是十八年，
多少时光早已成蹉跎。陕北是因了《南泥湾》《东方红》《到
吴起镇》《山丹丹开花红艳艳》等红色经典歌曲而名扬四海。
可喜的是，刘老师的家国情怀中没有忘记这一块"星星之火，
可以燎原"的红色土地。我在他笔下，既看到了延河、窑洞、
油馍、小米饭、白羊肚手巾，还看到了油汪汪的羊肉面、香
喷喷的洋芋擦擦、白生生的荞面碗托、红彤彤的黄河滩狗头
枣……这些物象，伴着他朴素的文字，渐次鲜活起来……

　　在这个天寒地冻的夜晚，这些带着泥土气息和大地呼唤的文字，被我一页页地翻阅着，我的思绪也随着他的文字一章一节地游走不停歇。记得我一位朋友说过：接了地气的文字，任谁都喜欢。是的，有了地气就有了生活，也才有了我们的过去和未来。刘省平的《梦回乡关》何尝不如此呢？

消失的光年

——再读张爱玲

张静

又一次一口气读完了张爱玲的很多文字，这是我前一阵子从三折卖场淘来的。虽然封面设计有一点俗气，纸张摸起来有一点粗糙，排版感觉还有那么一点缺乏美意，但起码字还算清晰，自我觉得，基本属于物有所值吧。

原本是比较喜欢读书的，可是随着不惑年龄的不请自来，各种烦冗和琐碎将人的生活填得满满的，读书竟然靠心情。心情好的时候，能平静和沉寂下来，一头扎进文字里，看善行者描摹出的白水黑山风景旖旎，熏文辞者泼墨而出的人间烟火细碎动人。而最终，我自己也成了他们的追随者，追随他们去天涯漂泊、去触摸尘世、去感悟浓情……当然了，也有心情不好的时候，胡乱翻，翻网页、翻书页、翻花花世界的琳琅满目，翻到内心的躁动和抑郁渐渐散开，仅此而已。比如此时，读张爱玲的字，无关心情，也无什么刻意，只是忙碌了一天，身心皆疲惫，我在小屋一角安静坐下来，想歇歇脚而已。无意间，瞅了书架一眼。这一眼，我看到了《张爱玲文集》《十八春》《红玫瑰与白玫瑰》《倾城之恋》等，一下子，我的精神为之一振，这些掩在书香里动人的故事和情愫，又在眼前风生水起。

是哦！旧的书，旧的人，似乎距离我已经很远很远了，远得我听不到那些女子们的脚步声，但却可以睁着两只眼，触摸到她们的呼吸和心跳。我甚至可以感受到，这个攀爬在文字塔顶的女作家，她的指尖跳跃下，旧上海繁衍而出的那些旧故事，被她用文字裁剪成一段段流年，然后一截一截装进一个个瓦罐里，这瓦罐是土做的，即便是埋进了土里，也会了无声息的。

至少，我是这样认为的。这种想法，曾经很固执地左右了我很长时间，让我痴迷于她的文字世界。曾经，我读她的文字，或温情款款，或心意沉沉，可无论怎样读，总觉得一股子苍凉和忧伤会席卷而来。我甚至觉得，这些外表柔情和温暖的文字背后，一颗沧桑的心再也捂不热了，这种感觉，在《十八春》里尤为清晰，犹如那朵云轩信笺上的一滴泪，经过岁月风尘的洗涤之后，被熏染成一轮黄昏的月，在苍穹间孤独地挂着，寒寂着，而我始终有一丝丝的叹息，不忍更深地去碰触她的内心世界。

这是初秋的夜晚，小屋南北通透，通风尚好，只要推窗，一层薄薄的凉意，从纱窗的每一个小洞里都能渗进来。我的身边，是一盏陪了我多年的旧台灯。灯罩上，一朵朵盛开的梅花，在橘黄的光晕下透出一片淡淡的精致和雅意出来。那灯光，也是柔柔暖暖的，衬着书桌上的《倾城之恋》，白流苏的命运便在这个略带冷清的意境中沉浮起来。这就是张爱玲，一个活在我心底最少二十年的优雅女作家！我轻轻地叹了口气，走至窗边，居所斜对面的大酒店，宝石蓝的玻璃窗四周，一圈华丽的霓虹灯密密匝匝亮着，恍惚间，时间的流水从身边滑过……

　　屈指算起来，读她的字不是一天两天了，很多感觉和友人有雷同之处。有一回，夜晚和朋友聊张爱玲，隔着屏幕，她敲出这样一行字：她的字很像一匹匹华丽的锦缎，泛着花团锦簇的热闹，触手，却是彻骨的冰凉。一瞬间，我怔在那里，半天回不过神来。何尝不是这样呢？那些年，无论秋雨绵绵的黄昏，还是冬雪飘飞的夜晚，在身心闲下来的时候，手里握着的，总是她的书，读得多了，会在心中一遍遍不停地问自己：怎么可以如此突兀地靠近这个女人，闯进她美丽而苍凉的世界，又何以安然？

　　她曾有一个华丽的背景，只是她来到这个世界时，那个雕梁画栋，宝马香车的家庭已经凋败不堪，留给她的只是抓不牢靠不住的记忆。她将所有的爱倾囊而出，给了那个"愿使现世安稳，岁月静好"的胡兰成，而战火纷飞的国难当头，她的爱情天堂就只给了她一个美丽而凄楚的告别手势，此后，我们再也找不到她指尖下跳跃而出的脉脉温情了。在那个独自飘零的异国他乡，唯一和她相敬如宾的赖雅走了，留给她的是赖雅从旧上海带到美国的那部留声机，陪了她三十年的春花秋月，可是时光太匆匆。就在我们家喻户晓念着那个女人名字的时候，她已经是大洋彼岸的迟暮美人了，周围满世界的热闹和繁华，都没有使她欣欣然起来。最终，她选择了在留声机里满满溢出的《何时故人归》中，沉沉睡去……

　　那一年的九月天，应该是万家团圆的中秋时分，张爱玲不在了，很多人长跪泣之。二十六岁怀有身孕的我，蜗居在三十平方米的小屋里，一边吃着月饼，一边看电视里漫天铺开的怀念和祭拜，我不敢过多地去忧伤！我似乎看见，在那狭小的、只能望见窗外风景的居所里，"一位瘦小、穿着赭红色旗袍的中国老太太，十分安详地躺在空旷大厅里精美的地毯上"，她，走得亦是精致的。

　　随后的几天里，我找来了她在陨世之前的最后绝唱《小团圆》。在《小团圆》里，我看到的是一个没落贵族几近畸形的家庭关系：父亲凶悍，母亲吝啬，父母各自追求自己的生活，不理会姐弟俩，母亲、姑姑与另一个男子奇怪的三角关系，家庭堂表之间常态的乱伦。在这种冷酷阴影笼罩下的女主角九莉，是一个胆大的、非传统的女人，人与人之间剑拔弩张的紧绷感始终深深影响着她的思想，她孤傲不羁，明知那个邵之雍是有妇之夫，被世人唾弃的汉奸，仍"飞蛾扑火"，以纯粹的没有条件的爱情倾心于他，甚至不惜与主流政治背道而驰，终遭欺骗、背弃的惨痛。毋庸置疑，九莉就是张爱玲，邵之雍就是胡兰成。张爱玲用一贯率真的风格写出了这段真实的孽缘。

不过，和她众多的作品比起来，我自己觉得《小团圆》语言有些急促，情节有些杂乱，调子有些晦涩，缺少我一直以来读她作品时产生的那种惊骇交加、奇葩独现的细腻感，唯一清晰的是，那一如既往的冷静的洞察力和那睿智冰冷的文风仍存。后来看到，她用这样一句话对这部作品做了注脚：这是一个爱情故事，我想表达出爱情的万转千回，完全幻灭了之后也还有点什么东西在。想想也是，高处不胜寒的张爱玲在写这书时，大约是想终老之前把这一生交代清楚，但又缺乏足够交代的耐心和精力。就像一个困极了的人，急着上床睡觉，把衣服匆匆褪在床边胡乱堆成一团。大抵是这样的吧？

如今，隔着一个世纪的回望，我似乎依然能感受到那深寂的弄堂、尘封的阁楼、雕花的门窗、零落的花瓣、泛黄的照片、烟染的空气以及留声机里一阵又一阵浓郁的没落情调……那些炫目的文字，在我面前訇然打开了一个世界，那个世界有绮艳的乔琪纱、有黯然的沉香屑，也有一个城市的陷落，只为了成全一个个白流苏……

记下上面这些字的时候，我沉默了。沉默地整理一下自己的衣袖，荡荡空气中，那些文字的芳香渐渐远了。那一树树花、一片片雨、一窗窗情、一帘帘风，也似尘烟一般远去了。不觉叹息：人的心情亦如这天空，时而蔚蓝，时而灰白，时而风云突变，时而又雷声传来，乃至于温暖和薄凉、沧海和桑田，在身体和灵魂之间辗转反复，不知有多少温良之心可以经得起这反反复复无法预测的考验？

合上书页，我在极力地回避自己，不要去想岁月的印痕如何一刀一刀地刻在她心底，我倒愿意回味，她留在世间的每一张风情款款的照片，一抹浅浅的微笑，始终隐隐挂在她唇角。那些微笑，是否可以解释所有的风尘了了，已经不重要了。重要的是，我在她的字里行间，捕捉到了一场文字的盛典，仿若岁月只是瘦了，瘦到这墨迹馨香的背后，一段又一段褪了色的流年，在不是心血来潮的时候，被她唤醒，亦让后世无限怀想。

寂静的乡村声声喧响

——读韩少功的《山南水北》

张静

为了这本《山南水北》，我已经两天没有下楼了。

他写这本书的时候，是把自己扑进了一副画框里。而这画框里的田园风貌、鸡毛蒜皮、人情世故等，于我又是何其熟悉和亲近，可我却在一而再、再而三地忽略着。

摊开在我书桌前的《山南水北》，我一点都不怀疑韩少功老师写此文集的真诚与倾心。作为一个离开土地三十多年的老知青，他想看看三十年前插队的农村如今

081

是什么模样。有人说，他更多是想借此来校正一下自己的写作方向，故而重返乡村，亲近泥土。究竟是何初心，我不想做过多纠缠，但绝对相信那是一个作家的返璞归真。

不得不说，他有一双时刻苏醒的耳朵、一对时刻明亮的眼睛。他听到了乡村白天和黑夜各种天籁的纤细、灵动；看到了乡村怀抱里丰富和杂沓的景象与风情。他弯下腰，低下头，写阳光、月亮、枫树、百草、蔬菜，还写鸡、狗、猫、鸟等。这些农家院子里的家禽牲畜，更是惹人喜爱。比如怜香惜玉的美公鸡、羸弱寂寞的小红点、孤独遗失的小飞飞、雍容矜持的诗猫咪咪，让我笑到捧腹，暖到心窝，惊奇到瞠目结舌；同时，字里行间又藏有一份淡淡的失落和怅然。尤其是《忆飞飞》，夜深人静的时候，飞飞最终死在高树上的草窝里，他听到树梢上一只鸟不停地发出凄切的叫声，像是母亲寻找儿女的呼唤。这些发自内心的表白，都在告诉我们，人与动物之间灵犀一点的相亲相惜以及对任何一个生命的敬畏和尊重。这声声呼唤，构成了凉透心底的忧伤和绝望，同时也构成了真正的山乡之夜。

我一直认为，作家笔下、视线里，应带有很深的眷顾之情去描摹世间万物以及苍生百态。一个成功的作家，其乡村精神、乡村情结，更是构成其写作的一种力量和源泉。在韩少功老师的《山南水北》中，是一个个淳朴善良的乡亲、一个个生动的故事或传奇，是鸟声、蝉鸣、蛙唱、蚊音……全然是一派自然祥和的景象，如涓涓细流一般悄然流淌，从而更多让我们感到乡村生活的平静与朴实。比如《墙那边的前苏联》里，山里的歌声，干净、清脆、令人向往；《空山》里，曾经有青石板上捣衣的声音，还有牛背上的铃铛声，月夜或雪夜的灯火、纺车、水磨的声音，甚至连荒草和石头，都守着每一寸的秘密；《山中异犬》里，贤爹家的呵子，认亲恋子如同亲见；有福家的呵子，忠诚与厚道撼天动地；茶观砚的呵子，嘴里叼着一根草，以示对善良之客的尊敬与礼节，真的很奇妙的；而《天上的爱情》乃一段绝尘挚爱，没有日历和礼拜，不知今夕是何年，读罢，三分温暖，七分心酸。

　　一直以来，包括我在内，很多作家也在衣锦还乡，可仅仅停留在形式或者表面，但在《山南水北》里，韩少功不是这样的。他深入乡下，他不仅亲自种地、种菜，还养鸡、养狗、养猫、修路、帮扶乡亲、传播文化等。很显然，不是去躲避喧嚣的红尘或者颐养性情，故而在他笔下，动物之脾性，草木之灵性，被描摹得活色生香、淋漓尽致。比如说，一只大公鸡，

让他亲自发现了动物的利他精神；一只弱小的小鸡，让他看
到了动物的游离与孤独；尤其是他笔下的猫儿、狗儿和人之间，
那种微妙关系与和谐相处的秘密更是让人心生无限感慨。尤其
是写小狗三毛的时候，从妻子起初的陌生、厌恶、排斥到最
后的熟悉、喜欢和依赖，抑或三毛的生与死，都令人触动万分。

不光如此，八溪峒村的人，亦从他幽默凝练的文字里活
脱脱地跳出来，鲜活淋漓。我记得聪明机灵的贺麻子、靠旁
门左道来医治百病的塌鼻子、装神弄鬼的友根、麻花般造型的
谷爹，以及奇妙无比的习俗——藏身入山……这些淳朴善良、
蛮横粗糙、卑微俗气的乡民，与他们赖以生存的乡村、山神及
所有生灵之间构成相互求存、相互敬畏、相互包容的大和之美，
也是整本书里最令我百感交集的一点。

合上书页，暑热正当时，逶迤在椅子上，汗水顺着脸颊
和脖子不停滚落，心绪更难平宁。忽而想起了端午回家看父母
时，在自家后院墙头上那只活蹦乱跳的老花猫。原本是只野猫，
只因侄子和母亲曾经多喂了它几口残羹碎馍，它已盘踞在后
院里整整三个春秋了，并且繁衍了好几只后代。平日里，这
几只猫不是眯着眼睛趴在砖墙上晒太阳，就是上蹿下跳打情

骂俏，几乎寸步不离我家后院。肚子饿的时候一声声喊得有气无力，可怜兮兮。而到老鼠出没的夜晚，那叫声可就不一样了，可用雄赳赳气昂昂来形容。眼见它仰着脖子，凝神静气，若探得一点老鼠的气息，扯破嗓子喊，喊到我家院子、屋子、厨房、粮仓、柴棚、猪圈等多处角落，已经很久很久没有了老鼠的横窜与张扬了。然而，我却从未真正走近过它，甚至当它盯着我的花裙子看时，我会朝它吼几声，伸出胳膊作恐吓状，看它吓得四处逃窜、无影无踪才罢手。此时，手捧韩少功的《山南水北》读的时候，一丝懊恼和惭愧，不可节制地冒出来，令我难以平静。

血脉里的薄凉与温暖

——读《许三观卖血记》

张静

读《许三观卖血记》是有渊源的。

首先，我是个读书很不用功的人。一直以来，苦于各种烦冗的琐碎和浮躁的心绪，总不能静下心来，安安静静读几本书。手里一些书，大都是在走马观花和囫囵吞枣的状态下猴急一般地浏览完毕的。

待一日，慌里慌张一脚滑进所谓的文学圈子里，忽而惊觉，自己喜欢和坚持了很多年的随性和随意写字，实在很浅薄，也很逼仄。很多良师益友会在各种场合谆谆告诫，文字功底还行，不算花拳绣腿的那种，但缺乏思想和境界。当然了，也有朋友循循善诱，既然喜欢这个叫作文学的东西，还是尽心尽力做得更好一些吧。多阅读和汲取，切记要克服自己阅读过程的良莠不齐。一酷爱读书之友更是看着着急，一再开导，切不可荒废本已不年轻的岁月了。读书，一定要读好书，读令自己眼界和境界宽阔的书才行，甚至不辞劳苦，尽心尽力挑选了一些他认为好的书送给了我。

这本《许三观卖血记》便是这样来到我身边的。

初读，读得很不畅通，中间总有事情缠绕。一本书，从家里到单位，单位到家里，不停地在包里来回辗转，总不能顺当地读下来，心中着急的同时，亦有几分郁闷。

今日，总算安静了，从早到晚，一直埋没其中，几乎是一口气读完了这本非同凡响的作品。

记得余华说过，诱引他写这部小说的原因，是他在90年代的繁华都市里，曾经见过一位老人。老人独坐在万家灯火里，神情木然，目光呆滞，布满沧桑的脸上老泪纵横。余华从心底里感到一种震撼，人文的关怀最终变成一种良知的责任，凭着他卓越的想象力和极大的温情描绘了卖血求存这种磨难的人生。

小说开篇是许三观与爷爷之间一段重复来重复去的、令人哭笑不得的对话。可就是这对话，瞬间让我有一种预感，接下来的故事里，一定会有很多比这令人哭笑不得的对话还要哭笑不得的故事。

小说的主人公许三观自幼丧父，被母亲抛弃，是善良的四叔和爷爷将其养大成人。忽而一日，他得面临一个男人成家立业、娶妻生子的生活历程。余华给这部小说起的名字是《许三观卖血记》，自然离不开卖血的故事了。

令人意外的是，许三观的第一次卖血没有任何目的，仅仅是为了试试自己的身子骨是否结实耐用。这一次卖血中，许三观知道了卖血前要喝水，这样血就淡了，也多了，卖出去的就少了，也跟着同村的根龙和阿方学会了卖血之后要吃猪肝和黄酒，而且，要大嗓门地告诉店家，酒要温一温。

手里有了卖血得来的三十五块钱，许三观不知要怎样花。但他知道，这钱绝对得花在大事情上。可大事情是什么呢？他坐在四叔的瓜田里想了一天，当落日的余晖将他的脸照得像猪肝一样通红时，他望了望远处的农家屋顶上升起的袅袅炊烟，忽而说，我想找个女人结婚了。于是，这钱，也终于派上用场了，新娘是有名的"油条西施"许玉兰。

　　第二次卖血，是一乐为了帮三乐出气，打破了方铁匠儿子的头，方铁匠来问许三观要钱给儿子看病。许三观知道，一乐不是他的亲儿子，一乐是妻子"油条西施"许玉兰和何小勇的孩子。许三观始终认为，自己能任劳任怨将一乐养活就很不错了，这钱应该由何小勇来出。他差一乐去找何小勇，谁料何小勇根本不认一乐。方铁匠等不及，用车拉走了许三观家里大部分家当，许三观万般无奈之下，去卖血，换回家当。

　　第三次卖血，家当赎回来了，许三观心头却一直不美气，感觉自己就是乌龟一只。之后听说自己年轻时爱慕过的林芬芳腿摔断了，出于对许玉兰的报复，他和林芬芳之间发生了男女关系，由此他感到了极大的满足和感动。之后，又觉心不安，因为林芬芳是在腿摔断的情况下跟自己有一腿的，所以，他再次卖血，并用卖血的钱给林芬芳买肉骨头、绿豆、黄豆、菊花等很多补品。林芬芳的眼镜女婿带着东西找上门来，大骂许三观是流氓和色狼。许三观虽然丢尽了人，但心里总算找到了一点平衡，觉得自己可以在许玉兰跟前将腰挺直了，眉头舒展。

第四次卖血，是在闹饥荒的年月。许三观一家三口连着喝了五十六天玉米粥，为了能让孩子们到胜利饭店吃一碗面条，他卖了血，只带着许玉兰、二乐、三乐去吃。他认为一乐不是他亲生的，当然不能花他卖血的钱。他已经替何小勇养了一乐十年，再让他花自己卖血的钱，真是做乌龟做到家了。所以，把一乐留在家里，只给了吃烤红薯的钱。可一乐可怜巴巴地想吃面，对许三观失望之后，哭着去找亲爹何小勇，仍然被拒之门外。他一个人走出了城，消失在黑夜里。最后，还是许三观找到了一乐，带着他吃了一碗面。这段情节反映出饥荒年代许三观和中国老百姓食不果腹的窘迫生活，同时，也让我们看到许三观骨子里的善良与温和。

之后，只要家里有了什么急需要花钱的事情，许三观照例会喝很多的水，然后到李血头那里去卖血救急。比如为了下乡的一乐、二乐在乡下不要受那么多的苦，他去卖血；为了让二乐早点回城，要请二乐下乡所在队上的队长吃饭，在家里仅剩下两元钱的情况下又去卖血，还在自己刚刚卖血身子骨虚弱的情况下，陪着二乐的队长宁愿伤身体不愿伤感情一杯杯陪喝，喝得呕吐又抽搐。

　　许三观卖血最伟大的壮举是为了救患了肝炎的一乐，那时，他已过沧桑之年。这是一段艰辛而又令人感动的卖血过程，也将整部小说牵入高潮。同时，亦体现了许三观作为生活在底层的下里巴人人性中最为闪亮的地方。在得知一乐患病之后，许三观没有退缩和嫌弃。他四处求借，敲了十三户人家的门，借到六十三元，让许玉兰先带着一乐去上海看病，自己返身又去找李血头，李血头知道他刚刚卖过血，不能破了规矩和身家性命，没同意。不过，他告诉许三观，本地卖不成，可以到别处卖血的。

　　许三观听了蛮高兴，心里想着，一乐有救了，他二话没说，怀里揣着两元三角钱上路了。

　　许三观要去的地方是上海。要经过林浦、北荡、西塘、百里、通元、松林、七里堡等十七个村镇、县城，他必须上岸卖血，救一乐。这一段路，走了十天，卖了四次血，其中，差点丢了性命。不过，一乐终于得救了。

　　至此，许三观卖血告一段落。一日，当许三观的头发白了，牙齿掉了七颗，他家已经不再为一盘炒猪肝和二两黄酒发愁的时候，他的血却卖不出去了，他像失掉了魂一样，忧忧郁郁泪流满面，人生沧桑莫过于斯。

　　合上书页，心情久久不能平静。这个生活在底层的下里巴人，一次次卖血，那句"一盘炒猪肝，二两黄酒"，似乎滑过我的耳膜，眼见那声音从结巴胆怯变成了老练从容，亦让许三观从年轻变成了苍老。卖血使他全家躲过了一次次的灾祸和劫难。在这一次次卖血中，许三观这个人物的内心活动更加饱满，形象更加立体。其是在一路的卖血中，看到了根龙的死、何小勇的死，体味到自己的悲凉和对死亡的恐惧。血，固然是他的生命。可生活中注定有比生命更贵重的东西，那就是他爱的每一个儿子，这一点，二乐、三乐，如此，连不是亲生的一乐，也如此。

　　而我还想说的是，余华在这部作品里的语言太独到了，简直前无古人后无来者。细细读来，满纸的语言几乎都是平淡、诙谐，甚至带有几分轻松和调侃。可恰恰这背后溢满了苦难、心酸和沉重。同时，又让人感觉到丝丝缕缕的人间温情，触摸到俗世里迎面而来的苍凉。作为迟到的阅读者，我的手指划过一页又一页属于余华独有的、悠扬婉转的黑色幽默。在微笑和唏嘘中，一次次触摸如许三观一样的底层百姓平凡的人生、平凡的真情、平凡的人性。可以说，那段相当长的历史时期中国社会现实里民众生活的跌宕起伏，在他充满辛辣的、喜剧一般的语言文字里不折不扣地渗透出来，不能不说，这是余华的高妙之处，也是这篇小说最成功最动人的地方。

最后，我要说的是，在这篇《许三观卖血记》里，余华充满"人文关怀"的大家气象尽显无疑。这种肩负和坦诚，在日下的世风里，是值得称道和弥足珍贵的。如今，在熙熙攘攘喧闹繁华的街头，"哀民生之多艰"，几人能做到？或许，我们很多人，只看到自己窗外桃红柳绿繁花似锦，一些羸弱贫穷总被流光溢彩遮盖住，一些底层人物颠沛流离的生活状态，总被忽略。而余华没有，他痛着、疼着，并记着。

深夜，带着这样一丝丝的敬畏，再翻一翻书页。比如，许玉兰分娩时不知女儿家羞耻放纵的嚎叫；许三观生日时画饼充饥的红烧肉；比如一乐趴在高高的烟囱里泪流满面却大声为何小勇喊魂，许三观在自己脸上划出一条血口子，说，从今往后，谁要是说一乐不是我亲生的，我就和谁动刀子；比如许三观给脖子上挂着木板，木板上写着"妓女许玉兰"去送米饭，白米饭下藏的是肉片；再比如许三观到松林的医院里卖血晕倒了，医生给他输了七百毫升的血，他苦求把多输进他身体的三百毫升血收回去；还有，临近上海的最后一次卖血时，给从未卖过血的来喜兄弟俩轻松地描述……这些夸张的、诙谐的、粗粝的、俗气的、温暖的情节，像一张画片，在风中飞扬，而我内心深处，陡然平添了许多怆然和不安。

再读汪曾祺

张静

说来惭愧，倾心读汪曾祺，是在旧历年底。友人极力推荐，一次买了三本。最先读的是《故乡的食物》，小开本，盈盈一握，竟然喜欢得放不下了。一遍遍读，一遍遍回味。回味他笔下那些食物、花草、鸟兽灵动乖巧、活色生香的模样。

其实，我对于汪老之人早已熟知，可其文却读之甚少。说句让友人们见笑的话，他的一些文字，也仅是从我家小子从小学到初中各种语文练习考试卷里读到过，比如《腊梅花》《干丝》《槐花》《北京人的遛鸟》等，给人清新扑面的感觉。

我一直认为，在文字里与一个人深度相逢，应该是幸福的。比如，我可以隔着千山和万水，隔着前世和今生，触摸一个作家如何在读者的身体和灵魂里，播种下一畦一畦的绿。这新绿，属于汪老文字的山河与乾坤。于我而言，沐浴一篇字、又一篇字，便在心底也长出一片绿、又一片绿。

汪曾祺的语言属于简简单单、干干净净、清清爽爽，却令人无限着迷的那种。他不会刻意去借助流光溢彩的技巧，也不会彩云出岫一般地精雕细琢。但不知不觉中，会被他的文字带到一条潺潺流动的小溪边，溪水清澈见底，水草丰茂，我的眉间顿时漾满了喜悦。这种喜悦是欲说还休的那种，这大抵就是文字予人的诸多美好之情吧？

说说我挺喜欢的《葡萄月令》吧，尤其是开头那段：

一月，下大雪。

雪静静地下着。

果园一片白。听不到一点声音。

葡萄睡在铺着白雪的窖里。

多简约而又平静的叙述，同时又呈现出一幅笃定与闲适之态。就这几句，读过，除了过目不忘，剩下的，便是深深欢喜了。

二

春节后很长一段时日，小城处在春寒料峭里，被寂寥的生活鼓胀着，总要翻翻汪曾祺的小说，粉白的书页仿佛最初相遇的惊喜。依然记得，那日，很早起床，早到窗外一片混沌，开灯，起身，静坐，读汪老的小说集子，一口气读了好多篇，读完，下楼，去渭水岸边散步，风儿到处刮，很大，回来时两只袖口灌满了风，什么也没有，意外的是，眉目之间裹了淡淡的、有些冰冷的水汽，是那种簇新动人、湿润柔和的感觉，似要将一个冬天里攀爬在身体里的僵硬和褶皱次第舒展。

第一遍读完《大淖记事》，感觉其文风散淡，令人回味无穷，貌似又缺了固守在我脑袋中关于小说里的那种跌宕、澎湃与喧响。更直白地说，《大淖记事》里，很多故事带有一股迷人的仙气，是那种仿若跟人世隔了一层，就像戏台上的青衣，令坐在台下的人无端生了几分哀愁。这种哀愁将人包裹起来，呆坐在那里，直到下一个沧海月明的夜晚漫上来。

过了几天，我还在回味《受戒》里行云流水、姿态横斜的意蕴。是春上的钩月、坡地的新草，生动，簇新，氤氲着灵动，仿佛一呼一吸间，世间所有的此去经年，独男女情事至美好妙曼。这大抵就是经典了。

忽而明白，汪曾祺的小说，和他的散文随笔一样，均做到了文理自然、脉象平和。读来一点也不逼仄和沉闷。即便如我一样的初读者，在放下书页的瞬间，亦不由自主地对文字的魅力，又产生了几分神往。

三

几日来，一边读书一边码字，读倦了写，写累了再读。因为同时存在着疲倦和劳累，故而会选择轻松愉悦的读本，放假前托友人新买的《独酌》正好应了此番心境。

还真是这样的，这本《独酌》，遵循的是八个字，"醺游，酡意，醉眼，酣唱"，意在自由奔放，闲适安妥，无拘无束，恰似酒后的豪放与粗犷，这与汪老被誉为文坛酒仙是分不开的，毋庸置疑，酒给他的文章与绘画助了不少灵气。

在《独酌》里，最喜欢一个"醺"字。醺，微醉也，醺醺然，是一种幸福、豁达、忘我、烦恼荡然无存的境界。在这种境界里，感觉日子回到了从前，很缓慢，慢到可以坐着牛车马车去看一场戏，去赶一回乡集。你看，他把自己浸泡在《北京的秋华》《紫薇》和《沽源》里慢慢熏游，又在《烧糊了洗脸水》里信手指点《猴王的罗曼史》和《苏三、宋世杰、穆桂英》，一副大醉后潇洒狂野的模样；醉眼里的《泼水节印象》《大声喊》等篇幅，极尽异域风情；酣畅里的《听遛鸟人说戏》《水母》《与戏曲结缘》，则让人非常惬意地享受了泱泱大国古风悠悠的东方神韵，真的酣畅淋漓。

四

一直以来，我喜欢阅读，但仅限于作品本身。平日里，对作者的来龙去脉几乎不太关注，充其量只能算走马观花了解一下。但自从喜欢读汪曾祺作品后，忽然有一份热望，想更多了解和认识他。时不时地，也会怀着迫切的心情打开各种链接，最大限度地走进这位大师级作家。

之所以产生这样的想法，主要源于我不止一次从他作品里读出一种散淡高雅和贵气的味道，大抵跟他出身于"书香门第"相关。汪曾祺的祖上饱读诗书，祖辈们读书氛围十分浓厚，且属于殷实人家，据说家有良田千亩，衣食无忧，富甲一方。到其父辈手上，除了田产外，又开有中药堂，在高邮小县城屈指可数。汪曾祺的父亲是一名眼科医生，琴棋书画倒样样精通，且乐于交友，跟和尚都能处得极好，甚至结婚时，和尚送的一副异常香艳的对联都敢挂在新房里，这种率性和洒脱的气质，或多或少也遗传给了汪曾祺。

作为长子，汪曾祺自小耳濡目染，中国读书人那些个文房雅趣不免薪火相传。自小家境殷实的他，衣食无忧，极少有窘迫局促或食不果腹的困苦日子，生活的安逸或多或少反映到他的文字上了。他十八岁离家，去昆明读大学，随后跟着动荡的时代一同辗转上海、北京、四川、湖南等地，虽然也困苦过，但精神上殷厚的底子在，这种散淡之气根深蒂固。如他在绘制一本"土豆画谱"时的事迹——早晨趁着露水去土豆地掐一把花叶回来临摹，简直诗意盎然了，不晓得是苦中作乐，还是天性使然？这种随遇而安的心态，亦是他性情里的散淡与温和吧？

五

读汪曾祺的文字，有清气缭绕，有甘甜辗转。我甚至想临摹一次他那样的闲适与散淡。比如某个立秋后的黄昏，坐在居所北面的草坡上，割几簇新鲜的毛豆蔓，一只一只剥。头顶群鸟飞过，脚下云垂四野。忽而来一阵风，空气中荡来泥土味、青草味、玉米味，味味入心。

太阳落山了，我拎着一把绿莹莹的毛豆回家煮着吃。一边酣吃，一边赊一点汪曾祺的散淡与高贵，写一写毛豆里诉说不尽的人间风月，如何？

涧户寂无人，纷纷开且落

张冬娇

冬夜，拥着火炉，读王维的《辛夷坞》。

窗外，万籁俱寂，似有"萧萧"声飘入耳膜，稀稀疏疏的，像下雨，又像寒风呼过，细细听去，若有若无，更觉静寂无声。

窗内，一豆灯下，反复吟咏这首诗：

木末辛夷花，山中发红萼。

涧户寂无人，纷纷开且落。

一遍，一遍，又一遍。

旋律轻巧简单，形象优美生动，一咏，

102

三叹，有无穷的意味。

初春，万物复苏，辛夷花也遵循着自身的生命规律，在树梢枝头悄然绽放。春寒料峭中，她的红格外鲜艳动人，呈现一派大好春光。然后，辛夷花又纷纷凋零。

在这个绝无人迹的山谷里，没有人对她的艳丽欣赏赞美，也没有人对她的凋零哀叹悲伤。然而，辛夷花并不在意这些，开时淡淡，落时浅浅，既没有开花的喜悦，也没有花落的悲哀。不管岁月如何流逝，不管世间如何沧桑，只是默然开在无人注意的深山里，坚持着生命最原始的状态，开了就落，一直到寂灭永恒的境界。

在这里，富贵如指尖薄凉，名利若虚烟缥缈。

这样的生命，让人感动。

回想这个世间，万事万物，其实都像辛夷花一样，开了又落，落了又开，在刹那间的生灭中，因果相续，生死轮回。变化的，只是外在的虚像，不变的，才是本性的永恒。

王维用一颗静谧之心领悟到了那种本性的永恒。因此，他可以与明月清风做伴，"独坐幽篁里，弹琴复长啸"；他的世界"明月松间照，清泉石上流"，"行到水穷处，坐看云起时"。

他仿佛总是独自一人，仿佛传说中的人物，时而在竹林弹琴，时而在空山伫立，时而在山前独坐。他的境界，与天地同流，与万物归一。拈花微笑被认为是禅门最高的境界，而在他的诗中，这微笑也忘记了。

这样的清幽出尘，让人身世两忘，万念俱寂。

这样的高士，可望不可即，可观不可近。

想起另一位高僧苏曼殊的"雨笠烟蓑归去也，与人无爱亦无嗔"，雨笠烟蓑归去，从此遗世独立，无爱也无恨，也有身世两忘的意味。但这毕竟还要借助雨笠烟蓑，在"还卿一钵无情泪，恨不相逢未剃时"之后，这意味既情意满满又无奈。曼殊的内心是沸腾的。

夜漫长，思绪也漫长，能有多长？智慧能有多深？银河浩瀚，不过宇宙一尘。要轮回多久？修行多久？

那样的境界，抵达不了，也只能，于深夜静寂处，对王维，做一次仰望。

美人蕉

张冬娇

　　美人蕉，美人还娇，读到这个名字，心底一柔，仿佛瞥见一个美人，从《诗经》中走来，从唐诗宋词里走来，莲步轻移，袅袅婷婷，巧笑倩兮，美目盼兮。

　　初识美人蕉，只觉花如美人，美人如花，把美人与花名结合一起，它是当得起的。"纤纤美人质，摇曳在生姿。娴静羞涩立，迎风学翩舞。"美人蕉单株直立，苗条而挺拔。它的绿叶肥厚光鲜，簇拥着半卷半干的花萼，花萼上支撑着绽放的花

冠，如纤纤细手抓住一团丝绸帕子。整个美人蕉看上去就像
一个翠袖的仙子，青衣袅袅，绿袍飘飘，在风中翩翩起舞，
婀娜多姿，风情无限。

见得多了，才觉美人蕉虽谐音"娇"，却一点也不娇。
它更像一个艳烈的女子，刀枪剑戟似的茎干，硕大硬实的绿叶，
柔韧厚实的花瓣，一任风吹雨打，也鲜艳如初。

它的生命力很强，花期也很长，从春天的抽枝发芽、绿
叶初秀，到夏的绿叶蓬勃、花红似火，到深秋，经过酷暑难
耐的历练，还在连绵不断地开花。此时，它的花红得更有风韵，
更有灵气，在四围一派萧索之色的衬托下，美人蕉愈加楚楚动
人。它自始至终，都是艳烈的，有强烈的存在意识，成为人
们目光的焦点。就像那些内外兼修的美人，即便在迟暮的晚年，
走在大街上，依旧会注意自己的穿衣打扮，依旧会使用香水，
会穿精致的高跟鞋，涂抹口红，她们的一举一动，诠释的都
是美丽与优雅。

然而在我眼里，美人蕉最引人注目的不是这些，而是它
的花。那宽大的柔绵的丝绸一样的花，像一簇簇火焰燃烧，

那样热烈，那样奔放，甚至喧嚣张扬。我从来没见过哪一种花像美人蕉这样红的，每次看到它们，心里一惊，这不顾一切豁出去地红，让我想起那首歌《花儿为什么这样红》。

花儿为什么这样红，为什么这样红？哎——红得好像，红得好像燃烧的火，它象征着纯洁的友谊和爱情……

花儿为什么这样鲜，为什么这样鲜？哎——鲜得好像，鲜得使人不忍离去，它是用了青春的血液来浇灌……

也许，这个世上，只有纯洁的友谊和爱情，才能与花儿纯粹彻底的红相契合。这种用都塔尔、热瓦普、手鼓、小提琴等奏出来的新疆民间音乐，原始粗放里带着忧伤与浪漫，悠扬的旋律里流溢出哀怨与壮烈，这种神奇的效果是用灵魂创造出来的。

传说，当年楚霸王项羽兵败垓下，退至乌江，自觉无颜见江东父老，遂拔剑自刎，随身的金鞭插入地下，长成一株肉质灌木。虞姬死后香魂追随至乌江，化作一丛花卉。灌木长得茎干粗壮，如项羽的英勇无比，花卉则亭亭玉立，如虞姬的天生丽质，一木一花从此常伴相依。楚人为了怀念他们，故称这种灌木为霸王鞭，这种花卉为美人蕉。

人们把这个传说与美人蕉联系在一起，说明它们之间有着内在的某种契合，纯洁、纯粹、彻底、唯美……同时，这个传说也丰富了美人蕉的意象和内涵，人们经过美人蕉，除了被它醒目的外表吸引住外，还会为它的内在气韵感叹一番。

心有多静，胸有多宽

张冬娇

　　进入襄阳风景区古隆中，一股静谧幽深的气息迅速把我们包围起来。

　　眼前，山林古木参天，草丛幽密，都着上了各种深浅不一的新绿，在初夏的阳光照耀下，仿佛如水洗过一般，散发着勃勃生机。林子里空气清新，弥漫着竹叶的清香和各种花草香，在叮咚作响的山间小溪的衬托下，处处透着沁凉和遥远苍茫的古意。这股静谧幽深的灵气就这样浓郁地弥漫在我们周围，果然如《三国演义》书中所说："山不高而秀雅，水不深而澄清，地不广而平坦，林不大而茂盛，猿鹤相亲，松篁交翠。"

这一瞬间，我们仿佛从现代城市穿越到一千八百年前的世外桃源里。

"臣本布衣，躬耕于南阳，苟全性命于乱世，不求闻达于诸侯。"当年，诸葛亮一家为避战乱，远离熙攘的人群，来到这里度过了整整十年的隐居生活。诸葛亮从十七岁到二十七岁，在这样偏僻的山中密林里躬耕南亩，俭以养德，勤奋读书，宁静致远，胸怀天下，广拜名师。可以想象，诸葛孔明就是在这样秀美的山水风景里，时而执一本书，时而摇一把蒲扇，在清朗的阳光下，青青的竹林里，或专注读书，或凝视前方思考着什么。他深邃的双眼穿透群山，俯瞰中原。

宁静以致远。心有多静，胸有多宽，思想才能有多远，远方才能有卓识。诸葛亮安静地待在这里十年，将宁静的魅力挥洒得淋漓尽致。他隐居的古隆中虽小，但正是在这片小天地里，孕育了成熟了"三国论"，书写了中国历史的大篇章。

那是公元207年，刘备三顾茅庐，总算请出诸葛亮纵论天下形势，提出了统一天下，应走鼎足三分、联孙抗曹的道路。那一年，诸葛亮才二十七岁，正是风华正茂，才俊过人，以一策《隆中对》闻名于世，名扬千古。从此，蛰居十年的"卧龙"腾空而起，走出了隆中，走上了三国争霸的历史舞台；从此，群雄逐鹿的风云，因了诸葛亮的介入而变得斑斓多姿，草船借箭、火烧赤壁、白帝托孤、七擒孟获、六出祁山、失街亭、空城计……

　　我们沿着静谧的山间小路向密林深处游走，山林空气清新，凉风习习，众鸟欢鸣，泉水潺潺。躬耕田、六角井、梁父岩、老龙洞、腾龙阁，一个一个景点接踵而来，让人目不暇接。那翠柏修竹掩映下的草庐，良夜含明月的古井，留着三顾足迹的小虹桥，幽深肃穆的武侯祠，刘备三顾茅庐的三顾堂，处处皆是风景，处处皆是历史。

　　游走于古隆中的历史长河之间，凭吊于诸葛武侯塑像前，我们的思绪也跟着景点在三国纷乱的战云中穿梭往来，脑海里全是诸葛亮的身影。轻轻漫步在四季常青的竹林绿树中，一时间，我分不清这是初夏还是初秋，也不知道这是在历史中还是现实里。千年的山林依旧以不变的姿势静默在如织的游人前，千年的山泉依旧吟唱着当年的歌谣，一股崇敬之意随着遥远苍茫的古意在心中愈来愈强烈。尽管他"出师未捷身先死，长使英雄泪满襟"，但诸葛孔明，从此成了智慧的化身，活在老百姓代代相传的口碑里。他那掀天揭地的气概，卓越的文韬武略及鞠躬尽瘁死而后已的精神永远让我们赞叹不已。

"三顾频烦天下计，两朝开济老臣心。"出得门来，回头再仔细端详古隆中石碑坊，两边石柱上这副对联，与牌坊两边小门上的"淡泊明志""宁静致远"，分别是诸葛亮出山前后的人生写照，也是揭示因果关系富含哲理意味的佳句。这些遗迹已然成为一种文化的标志，一种地域特色的象征，是滋润后来者心灵成长的精神源泉。

杨柳岸晓风残月

张冬娇

记得高中时代，学习柳永的《雨霖铃》。读到"今宵酒醒何处，杨柳岸晓风残月"时，儿时深深印在脑海里的画面立即浮现在眼前。那时，门前的池塘边，有一排挺拔的白杨树。许多个清晨，我从梦中醒来，坐在大门的石墩上，懵懵懂懂地望着前方。那排白杨树，伸展着枝丫，在风中簌簌摇动。有时，我还能看到天边几颗惨淡的星星，挂在树梢的弯月，这个清冷的景象给了我很深的印象。我想到，漫长的黑夜里，我在睡梦里度过了，而它们一直矗立在池塘边，默默忍受着大自然的一切。对于大自然的一切，它们是最懂得最知晓的。

我们那时的语文老师，对诗词并不一句一句讲解，只是让我们反复读熟，直到背诵。我读到这句的时候，自然而然地把"杨柳岸晓风残月"中的形容词"晓"字理解为动词"知晓，懂得"，所以我对这句名言是这样断句的：杨柳／岸晓／风残月。我是这样理解的：

今宵酒醒何处？读者跟着词人一起联想。词人与情人离别，借酒消愁。酒醒后，也许正是凌晨时分，舟已临岸，四面凄清无人，情人已在远方，天边一轮弯月，惨白、冷漠、凄凉，萧萧秋风吹拂垂垂杨柳，此景此情，无人懂得词人心境，唯有那岸边默默无语的垂柳，它知晓，它懂得词人内心的无涯之愁。

在这里，那岸边杨柳仿佛与词人心心相通，惺惺相惜，整个画面充满了人情味。

今天，当我自己成为一名教师，站在讲台前向学生讲述这句名言时，才知道，自己的理解是错误的。它的正确断句应该是这样的：杨柳岸／晓风／残月。词人旅途中的况味是这样的：词人酒醒梦回，只见习习晓风吹拂萧萧杨柳，一弯残月高挂杨柳枝头。而杨柳、晓风、残月，这三个意象在古代诗词的反复酝酿中已经有了丰富的内涵，它们是最能代表离愁的。当三个最能代表离愁的意象出现在一幅画面里，仿佛一幅小帧，清丽无比而又凄清、冷落，词人心中之离愁别绪，完全凝聚在这画面中。

把"晓"理解为形容词好呢，还是动词好？我反复比较着。客观地看，按照正确的理解，把"晓"字理解为形容词也许效果更好些。但在我内心里，还是没有高中时代把它理解为动词那样印象深刻。因为，前者是静止的一幅工笔小帧，而后者却是充满人情味的相知相惜，它给人的震撼力量更为深远。

无独有偶，在每年的期中期末测试的默写题中，总有不少人把这句名言默写成"杨柳暗晓风残月"，把"岸"误写成"暗"。我没有问明学生误写的原因，我推测这些学生大约也和我一样，有些景物早已先入为主，在头脑里有了深刻的印象。这"暗"必定是受"柳暗花明又一村"的影响，之余"岸"与"暗"的比较又是一个很深的话题。但不管怎样，无论我们从哪个角度去理解，都丝毫不减名言的魅力，这大概就是名言之所以成为名言的原因吧。

书巢

张冬娇

　　某日读到陆游的《书巢记》中"吾室之内，或栖于椟，或陈于前，或枕藉于床，俯仰四顾，无非书者……而乱书围之，如积槁枝，或至不得行"一段内容时，忍不住笑了。

　　陆游的房内乱书如积槁枝，甚至不能起步，是为书巢。我笑了，因为我的卧室也是如此，衣柜中、书桌上、床柜上、枕头下，能放书的地方都是书。这些书都是从书房里拿过来，因急于要读先是放在衣柜上。渐渐地，就像长了脚似的，床头柜、枕头边都是。下个决心，收拾整齐，不久，它们又到处走动了。

整个卧室，床占去了一半的空间，在宽大的床上读书，可以肆意伸展四肢，很惬意。床头柜上除了放了一些杂志和散文集外，还必备了《三命通会》《渊海子平》等书。我的睡眠质量很不好，又常失眠。这种书籍逻辑思维强，容易凝聚思绪。看着看着，头脑渐渐混沌，眼睛乏力，自然睡去，连梦都少。有几次，半夜里醒来，翻来覆去睡不着，赶紧开灯看书，不到十分钟就沉沉睡去。这些书籍我几乎每晚都看，成了医治失眠的良药。几年过去了，书都翻烂了，自己也颇有所得。

卧室南边靠窗户边，摆了一张简陋的四方木桌和一把同样简陋的木椅。我大部分时间就坐在这个狭小的空间里读书写字。窗户斜对着校园的球类中心，从那里，几乎每天都会传来"嘣——嘣——"的篮球声。球类中心旁的一排樟树与我遥遥相对，随时向我预告四季的踪迹。

有个秋夜，我坐在这里读摩诘的诗，徜徉在他的"明月松间照，清泉石上流"的意境里，一直到四更。四周静谧得很，整个房里只剩下窗台上冷气机单调的"嗡嗡"响声。这时候，隐隐约约地，有种轻微的"沙沙"之声，从窗外飘入耳膜。心中一喜，一定是下雨了。夜半细雨润万物，这种美丽的事情并不是每个人都能邂逅的。赶紧拉开窗帘，呀，哪里有什么雨呀，分明一个晴朗的夜晚。娥眉月早已下山，空中只有一两点星星泛着朦胧的光芒。四周有秋虫啾啾，此起彼伏。凉风不断拂来，在这一排樟树叶间传来了轻微的声音。原来这"沙沙"的声音不是雨声，而是"秋声"。

突然想起欧阳修的《秋声赋》，找来重温。"星月皎洁，明河在天，四无人声，声在树间。""初淅沥以萧飒，忽奔腾而砰湃。如波涛夜惊，风雨骤至。""奈何以非金石之质，欲与草木而争荣？念谁为之戕贼，亦何恨乎秋声。"那个晚上的情景竟然和文中这样地相似！那时，我才真正体会了欧阳修的秋声和他内心的感慨。我感到千年前的欧阳修就在冥冥中苍穹中，和自己贴得这样近。有一瞬间，我跌入眼前秋意秋声里，竟然不知今夕是何年。我一向以豁达之心对待秋，虽然不赞成他的悲叹，但是在那个晚上，却因为一个偶然的机会，我得以从王维的清幽明净走进欧阳修的肃杀秋声里，跨越时空的隧道，与两位文豪贴心地交流，这让我至今沉醉不已。

卧室北边，毗连民居，这里的世界呈现了另一种色彩。午睡醒来，只要是不下雨的日子，总能听到楼下坪里的搓麻将声。哗啦啦的，本地人戏称"炒蚕豆"。有时，我饶有兴致地看着他们，很久很久。阳光懒洋洋地洒下来，风轻轻地拂过去，她们就这样静静地坐在那里，专心致志地摸子、出子、和牌，一任四季光阴从身边飞逝。

春天，杏花桃花开得正欢，空气里飘荡着酽酽的花香，主人家早早搬出桌子，准备椅子，预备好茶及杯子。她们便一起坐在撩人的南风里，静静地搓麻。蜜蜂在身旁花池里"嗡嗡"地旋着，一只花蝴蝶飞过来，又飞过去。接下来是夏天，闭了堂屋门，开了吊扇，在屋子里静静地搓麻。秋风一起，落叶飘零，凉爽的风中最宜搓麻。窗外的枫叶由绿而淡黄而酽红，飘在窗台上，冬天也就到了，围坐在红彤彤的火炉边，撩起厚厚的棉桌布摊于膝上，便觉得暖烘烘的几近温馨。晚上，他们并不熬夜，我看书累了想休息了，他们也散了。我时常听到他们推门的声音，彼此对话的声音，还有"哚哚"的脚步声，在静谧的夜里，格外清晰。输和赢都是次要的，日月能这样悄悄地流过，也是很美好的事情。

不知从什么时候起，半夜里，蒙眬中，听到一种"窸窸窣窣"的声音，初始以为是梦境。但有一次，我被这种声音彻底惊醒了，声音来自窗台边，是老鼠吗？我敲了敲床柜，声音依旧，难道窗户上有什么爬行动物？

　　直到几个月后的一天下午，天气晴朗。我站在楼下，望见一对鸟儿在窗台旁空调排水管的墙洞里进进出出，一切都明白了，原来一对雀儿把巢筑在我卧室的墙壁里。自此，再次听到这种"窸窸窣窣"的声音便倍觉温馨。同处一室而互不干扰，没有交流但相处默契。白天，我去上班，它们出外觅食；晚上，我亮灯读书，它们安静地待在巢里；清晨，校园里的广播声还未响起，它们就兴奋地叽叽喳喳。和那种"窸窸窣窣"的声音一样，因为是纯天然，不但不会吵我，反而成为我永远听不厌的天籁之音。

　　于是，我在读书写字间，左有市声，右有校园广播声，墙壁上还有鸟鸣声，一俗一雅一天然，包围着我，让我感觉到一种巢的温暖。我没有陆游的才情，也没有他那样的抱负和读书境界。不过，我的房间与鸟巢为邻，写出的文字发到榕树下的雀之巢里，人又痴迷于书本和文字，业余时间大都泡在这里，从形式上看，我的卧室是否更像"书巢"呢。

美丑相撞的火光照亮内心世界

——迟子建《一匹马两个人》人物小析

曹雨河

　　我喜欢迟子建，不仅是因为她是鲁迅文学奖唯一一位三度获奖的得主，更因为她是一位有定力、有灵魂、把写作当作自己生命存在方式的作家。我喜欢迟子建作品早期的纯净本色，更喜欢她近期的浑然厚实，从纯净到浑厚的转变是一个潜在的过程，而她痛失夫君半年之后的第一篇作品《一匹马两个人》就质朴浑厚而言是一个明显的飞跃，尤其是在表现人性美丑的方面，达到她前所未有的深度。

　　短篇小说《一匹马两个人》的内容：

两个小伙子同时爱上一个村姑，这个村姑也都喜欢他们，她最终"选择了他这个穷得三十多岁还没说上媳妇的光棍汉"，割舍了那个相对富足又会手艺的王木匠。王木匠在以后的岁月里，即使娶妻生子、村姑变成了老太婆，他都难以忘怀。他暗中关注着她，关注着她爱的人，关注着她爱的马。怕影响她的生活，他想念她的时候就夜晚潜近她的院落，听听她泼水的声音；她家有了变故（她的独生子因两起强奸罪服刑二十九年，一起是讹诈他的邻居，另一起是侮辱他的裁缝，这致使她的晚景很凄凉，老两口和一匹马奔波劳顿于二十里外的二道河子那片土地活命），他也不敢当面安慰，只是捕了鱼在夜黑人静的时候扔进她家院里。在迟子建这篇一万两千多字的短篇小说里，值得探究的东西很多，如爱情、人性与兽性、苍凉、风格转变等等，我这篇短文要谈的是人性美丑在碰撞中如何昭显灵魂。就这个话题我想从以下三个方面来谈。

先来看王木匠。他对舍他嫁人的村姑不是怨恨，而是更加执着深沉的爱。岁月沧桑，村姑已成了老太婆，在去麦田的路上意外丢了命，他给她送葬，为了不使她老头子难堪，还用捕鱼作幌子，悄悄将泪洒尽河里。他给她的老头子送葬，将"情敌"安葬在自己钟爱一生的人身边。他将她的马放了生，保全了马的尸首，将马埋在他们夫妇身边……王木匠的爱闪耀着人性的光辉，已超出世俗的两性之爱、亲情之爱、友情之爱，是一种博大的胸襟之爱，是人间最可贵的爱，是爱的理想！

其次看看村姑。在倾慕她的两个小伙子中，她舍弃了相对富裕又会木工（在农村是非常吃香的一门手艺）的小王，而"选择了他这个穷得三十多岁还没说上媳妇的光棍汉"。她的这种爱亦超出了世俗的男女情爱，闪耀着善的光芒。

最后看村姑选中的"穷光棍"。他对村姑的爱始终如一，深入骨髓，可谓生死相依。一旦失去老伴就失魂落魄，失去重心。拖着载着已咽气的老伴的马车，他从晨光里一直赶到黄昏，在去二道河子的路上反反复复，看似荒唐，实际是为失去老伴而痛心。我们看这样一段文字："到了那天，老头穿得整整齐齐的，他还特意把木梳蘸了水，将仅存的几绺白发梳得格外光顺。他向饭庄走去的时候有些害羞，又有些激动，就像他第一次去柳树林赴老婆子的约会似的。他终于在一个暗淡的屋子里见到了老婆子的画像，它真的有门那么大，浓重的油彩新鲜欲滴，老婆子笑眯眯地披着一块彩色披肩望着他，她的背后是一望无际的丰收了的麦田，在麦田上，影影绰绰可见一个男人和一匹马的形象……老头抱着这画回家的时候，哭了一路，仿佛是他的老婆子丢了，他终于又把她找了回来一样满怀喜悦。他的泪水溅到画上，那画就显得更加生动，仿佛是老婆子刚刚从河边沐浴归来似的。"老头子这种始终保持着爱的痴心在情感贫血的当今社会实属不易。但老头子的爱还是有些狭隘的，他们的婚礼上王木匠喝醉了，他耿耿于怀；"王木匠抱着老太婆的头下葬"他也妒忌，还怀疑王木匠来帮他是老太婆的魂灵勾引，老太婆对他不忠。由此看来，爱之博狭、灵魂之层次就清晰了。

说到丑，首先要谈的就是小说中的薛敏。她蛮不讲理，老头子家的鸡吃了她家的菠菜，"老头说赔她家钱她不答应，说是把那些惹祸的鸡给她，她也不答应，她非要让她家的菜地一夜之间长出和原来一样的菠菜，这实在是刁难人。"正巧，她碰上了心灵比她更丑陋的人——老头子的儿子。

"老头的儿子也不含糊，他当夜闯到薛敏家，把她给强奸了。"薛敏还是一个心理灰暗的人，没有荣辱是非观。看她被老头子的儿子强奸后的一段心理活动就明白："她恨丈夫不念夫妻情分抛弃了她，恨老头老太婆养了那么个孽障儿子，恨女儿不该出去叫人，恨胡裁缝不该报案，她可以忍下这羞辱，做得什么事情都没发生似的。那样，她还是一个良家妇女的形象。"她的内心世界就是这么一个污泥坑。刚才说到老头的儿子，他不仅丑陋，还可以说是阴暗。"她蛮不讲理，强奸她活该！""她不是不做脏裤子么，我让她亲自穿脏裤子！"这分别是他先后强奸刁难他家人的薛敏和侮辱他的胡裁缝的心理动机。他这种以丑对丑的阴暗心理直接导致了他的犯罪行为，不仅毁了别人的幸福（好脸面的胡裁缝还自杀了），也毁了自己的一生，连给父母行孝送终的机会也丢掉了，致使两位老人的晚年无比凄凉。

美的事物和丑的事物放在一起，美丑愈加分明；人也一样，心灵美丽的人和心灵丑陋的人相遇，其灵魂品质高下就昭然若揭了。前文提到了薛敏的蛮横和灰淡，我们再来进一步走进她的内心世界：薛敏很高兴老头和老太婆死在了收割之前。在她看来，这片丰收了的麦子毫无疑问应该归她所有——"她想卖了麦子后，她要进城给自己买件古蓝色的软缎棉袄，给印花买一条呢子裤子，然后把余下的钱存起来。"薛敏想不劳而获又如此的贪婪！

"薛敏见老马倒下了，就唱起了歌。她的歌声刚落下，鸟飞来了，它们也唱起了歌。印花问母亲，要不要把这老马宰了，反正它也是个死，看着它流血的样子，实在是可怜。薛敏说：'它休想死得痛快，他们家欠我们的太多了。'"这里我们看到薛敏内心的另一面：歹毒和残忍。

当她得知自己的女儿被蒙面人强奸后说："这件事，你就当没有发生过，跟谁也不许说。"薛敏拍着腿大哭着说："就当是鬼把你给强奸了。"这里可看出她的内心世界是一口污泥潭，没有任何荣辱标尺。

王木匠又来二道河子了，以捕鱼为借口。以前至少来过两次，一次是为了安葬他钟爱一生的未能聚首的老太婆，还有一次是安葬老太婆的丈夫——他的情敌，这次是为安葬他们的爱物——老马来的。在薛敏母女正打算将老马扒皮吃肉之际，王木匠赶到了，劝阻说："你要了他们的麦子也就算了吧，这马是他们最稀罕的牲畜，不如囫囵个地还给他们。"薛敏怕因小失大，做了妥协。王木匠挖了个坑，把老马埋葬在老头、老太婆身旁。

以恶对恶的蒙面人、贪婪残忍的薛敏和胸怀博大富有人性之美的王木匠在二道河子相遇了，碰撞出耀眼的火光，照耀出丑陋者最隐秘处的鬼胎，也映衬得美丽者的灵魂更加辉煌。

　　当然，我心中不是没有存疑，依薛敏贪婪的秉性以及一贯因小失大的行为，这次她赦免老马的可能性很小，这也许是作者"温情"对恶的局限。行文至此，我又读了一遍《一匹马两个人》，感觉我这样条分缕析的评说将小说中的人物制成标本了，其实小说中的人物具有丰富性、复杂性和深刻性，是活生生的人，限于本文的话题，这里就不多说了。

夜的河流

——读范玮近期的四个中篇

曹雨河

范玮的近作我已拜读过好一段时间，通常，我读过作品后会随即写一点心得，但这一次却迟迟不敢动笔，原因是把握不准，有一种陌生感：语言凌厉闪着诗意；出其不意的山外青山亦真亦幻；曲径通幽直抵现实的存在与心灵的幽微……如夜空下一眼望不到尽头的河流，"满河星光月色，暗流汹涌，令人产生一种审美的晕眩和震荡"。

一 《东野湖》《出故乡记》：曲径通幽直抵现实的存在

《东野湖》中留守少妇安红得知丈夫外出打工后身陷城市的泥潭不能自拔，好强心盛的她正值青春旺季，花红欲探墙头。此时，她父亲（民办教师）的学生土豪贾丰收，处心积虑搭架子——给她父亲买楼房，将她儿子送进县城最好的学校，开车约她去东野湖游玩，于是，她也做好了"以肉饲虎"的准备。可贾丰收只不过是偿还少年时的一个梦，并不真的"翻心"。在东野湖，安红还聆听（见证）了满怀美好心愿又吃苦耐劳的良生的悲惨境遇。

贾丰收、安红、良生代表了三类人，他们普遍存在精神困境。贾丰收头脑灵活，伺机发财成了土豪，因眼界所限不可能往更高的层次发展，只好频频回望自己过去的缺憾，回望的结果是挥金如土满足一时之欲。安红心高气盛却落个留守少妇的身份，忍受着物质和情感双重饥渴的煎熬，她挽救陷入城市污泥的老公的念头瞬间变成红杏出墙的行动，这种行为更便捷地满足她肉体与物质的欲望，当然，她不可能认识到最大的困境是精神的虚无。良生自小贫穷，长大后进城打工，立志让父母过上好日子，他吃遍了城里所有的苦，受遍了城里所有的罪，忍受了城里所有的辱，最终不仅没能实现心愿（父母在寒冷里死去），还被城市像痰一样吐到地上，家乡又嫌他一身臭拒绝接受，他成了没有立足之地的游鬼，除了身体他再没有任何资本去赌明天，他没有明天，天一亮他的尸体就漂在湖水上。良生还有涂自强们，他们出生在河泥里，拼命地往岸上爬，越扑腾陷得越深，以至于浑身湿透，肉体和心灵腐蚀为泥。

《东野湖》里的人物被迫或自愿放弃家园，而《出故乡记》里的人物不管是走出故乡还是留守在家，其内心依然铭记着故乡，守卫着故乡。

贫瘠的乡村生活考验着李唐、元宝一对年轻夫妇，他们经不住外面的物质诱惑，先后走出故乡，无论如何他们还能魂归故里。先走出家园奔向城市的是李唐的媳妇元宝。元宝会唱戏，这在崇尚享乐的城市是一门好技艺。元宝将清洁的身体丢进了城市，背着一包袱钱回到家园，她忍受不了身体的肮脏，疯了，将整包袱钱付之一炬，投河自尽——清洁了灵魂。李唐也走进城市，在一家餐馆打工，因偶然的机会显露武功，成为那座城市里黑道拥戴的人物，于是他劫富济贫，行侠仗义。这种"另类"行径，自然在道上混不长久，意外的是，他挫败在爱情面前（他知道所爱的女子有家室），栽在自己手里：他自报了因"劫富济贫"毁了好好一家人的罪孽。

市场经济在激发了人的潜能的同时也刺激了人的欲望，改变了人们的生活态度、价值标准和乡土伦理。这两部小说都是以当下为背景，讲述在经济大潮震荡下的乡村人，他们明明知道城市是个魔盒，但还是既惧怕又向往，他们对养育了自己的家乡是眷恋的，可又忍受不了它的贫瘠，内心纠结着，无论是离开乡村走进城市的良生和李唐，还是留守在乡村的安红与李敦敦，他们都忍受着物质和情感的双重煎熬，在这样一种困境中，有的灵魂逃逸、肉体芳香，有的坚守灵魂、失去肉体，有的甚至灵魂与肉体一起腐烂。作品还更深一层地触及世事的纷纭繁杂、人心的丰饶，如李唐的"劫富济贫"的罪过与安红心甘情愿地"以肉饲虎"。同样的城市经历，良生一败涂地身心俱毁，而李唐依然堂堂地站立着，这关乎个人的内在精神储备和心灵向往。

二　勘察心灵的隐秘世界

如果说上两篇小说重在揭示当下乡村流动人口的生存与精神困境，那么《鸡毛信》和《太平》这两篇小说则是勘察人心的密码、发掘人性的诡秘。

《鸡毛信》讲述一个偶然的梦引发"我"去欢城探寻十六年前姥爷失踪六天的真相。在探寻的几天里，"我"邂逅了前台的打工妹杨眉，不想她的真实身份是富豪之女，在做出国前的历练，更令人意外的是她夜晚上班，白天以女儿的身份照顾一个疯女人，那疯女人后来更是莫名其妙地不疯了；就在"我"探寻无果而返时，听一个女孩讲了她奶奶三年前的黄昏艳事，母亲听了转述，号啕不已……这期间穿插回忆了姥爷的人生片段：姥爷给知青做饭的荣耀，姥姥死时的痛哭与淡定，姥爷到"我"家养老时莫名失踪，母亲在姥爷死后才知道他半年前就得了绝症。故事套故事，每一个故事都是一个心灵之谜，每一颗心灵都是一口井，每口井都沉埋着打捞不尽的秘密。姥爷失踪的秘密探寻未果，却意外地发现了更多人的不解之谜。作者如在打井，打一口口心灵之井，井越深发现的谜越多，每个谜都有着多种谜底，都有着多种解释的可能，这正是范玮小说的魅力所在吧。

《太平》从另一个方向探寻心灵的密码，乃至抵达人性的模糊地带。"我"父母因无爱的婚姻乃至霜染两鬓时还是离婚了。父亲挚爱张映红，张映红对"我"父亲没感觉，却毫无来头地爱上了于勒；于勒泛爱不专注，他喜欢风骚放浪的女人，张映红的爱撕裂身心，由孤傲变得放浪，谁也不明白他们融合后的手势及手势背后的心结，大家只能看到他们双双走向了不归路和隔靴搔痒的案件定性。六姑已被少女时的心结钉住几十年了，她心中的校长知情多少？"五四青年"和张小琴恪守分手时的诺言之谜和"我"与小白的阴差阳错，这些都是源于心灵的诡秘和不可理喻，而人们往往从世俗的伦理出发，进行审视，"隔膜"的存在就不奇怪了。

这种隔膜与鲁迅说的因阶层文化伦理不同形成的隔膜有着质的区别，这里勘探的是心灵的丰饶、人性的葱茏神秘。这是人类永不褪色的魅力所在，也是号称人学的文学取之不尽的资源。这种勘探正如作者所言："带给读者复杂的崭新的认知、体验、智慧和乐趣，由现实世界的此岸将读者摆渡到可能世界的彼岸，提供一场又一场丰富的、神秘的心灵活动。"

小说还顺便探讨了婚姻内的情与义，哪个走得更长远？《东野湖》里的贾丰收与妻子情尽义连，《鸡毛信》里的姥爷在姥姥去世时的淡定与号啕，《太平》里的周成舟与妻子的离—合—离，情和义如此地纠结，难以定性情与义哪个更长久，其流动性、随机性，因人因时而异吧，作家不可能给出整齐划一的答案，纵观古今中外谁也没有一劳永逸的答案。

三　延展小说的疆域

在我所读的四个中篇小说中，范玮站在西方的现代小说艺术的高地，打自己的艺术之井，力图另辟蹊径开发小说新天地。他的雄心与努力初见成效，简述如下：

首先是他爱惜自己发现的生活，没有艺术性的修葺，保持了生活苍茫葱茏的原貌，还有意培植其"旁逸斜出"，保有小说的丰富性和多义性。生活"原貌"不是生活的照搬，而是经过作家思想透视后发现了"新东西"，然后再将其还原到原生态的生活中去，小说的丰富性与深刻性从而得到统一。

其次是小说路径的探索与现代技法的运用。"梦"在范玮小说里是一个精灵，它可以是现实精神困境的暗示，可以是人物情欲的流露，还可以是象征，也可以是某种预兆，营造了亦真亦幻、虚实相生的艺术之境。

最后是他的小说叙述柳暗花明，洞天别开，眼看着小说接近终结，忽而"节外生枝"又进入一番新天地，可谓匠心独运。其语言如黑色的绸缎缠绕绵密，暗处闪耀着诗意的光亮，这里不再备述。范玮的小说世界正如知名作家刘玉栋所言："他力求用出人意料的语言和形式来展示人的精神空间，因此，他的小说呈现出来的精神世界色彩斑斓、诡异怪诞……"

毋庸讳言，范玮的小说虽不尽美，个别处还有疙瘩，如《鸡毛信》里弗洛伊德释梦的解说，《太平》里妓性与母性的谭发，诸如这样那样的不足，也正是作家未来提升的空间。毋庸置疑，范玮有着与他雄心相匹配的能量，祝愿他在奔向目标的征途上，珍爱自己的才华，走得更远！

展翅的蝴蝶于世俗的菜刀

——赏读阿南的《残瓷》《傻瓜的盛宴》

曹雨河

　　阿南的活儿真够全的，读大学之际就在当时颇有影响的《当代诗歌》和《诗歌报》发表诗作了；在北大进修后致力于翻译，不声不响地完成了三十多本译著；在这期间，插空子收拾了一本融情感于哲思的随笔集《自在书》，不经意上了《散文》；近来又插手小说，竟然篇篇占据《延河》头条。阿南，也真有你的！

　　先来看阿南的中篇小说《残瓷》。元时的小生意人马可遭匪帮师爷的暗算，因

136

逃命从山崖上滚下来被苗根大救下。马可拿出用生命保留下来的苏麻离青和精心设计的陶车图报答苗根大，被苗根大一一婉拒。由于马可的不慎再次招引劫匪，苗根大将生路推给马可，自己留在死地。之后，马可将两人合制的青花炉给苗随葬。青花炉之宝贵，不仅是因为它本身是稀珍的元代青花瓷，还因为它凝结了人与人生死患难的情义和隐含着民族文化之精华。

岁月如河，青花炉流落到当下一名不识文物的青年画家六子手里。六子孤傲不屑攀附，因此无人给他捧场，好画也难以出手，以致连生存也难以为继。可他依然发奋不已，终于创作出连文化评论家陈兆远也为之震惊的《残瓷》，更令陈兆远震惊的是六子画架上的青花炉，他清楚青花的含金量，便以高价买画的名义顺手牵羊拿走了青花炉。六子的女友雅曼是一名小编辑，为了得到名人的稿子和六子的扬名，跟陈兆远荤荤素素地混到一起。

我们从作家穿越古今的比照中可以感受先人那种轻利重义、生死患难的仁义；而现今话语权在握的"陈兆远们"把玩的是文物的含金量，掂量的是红包的轻重，贪享的是艳色。陈兆远比劫匪的师爷要进步多了——古代的劫匪尚需阴谋、暴力才能得到的东西，现今用阳谋守株待兔，自会送货上门来。我们的一些优良品性会像青花炉一样破碎在"陈兆远们"
手上！由此，我们不难感受到作家的痛心、愤慨和批判；也
不难感受到作家对先人美好品性的怀恋、赞赏及作家弘扬优
良传统美德的心愿。再者，文中展示的香文化、瓷文化，以
及宋末元初的社会背景，给文本增添了深厚的文化意蕴。

再看阿南的短篇小说《傻瓜的盛宴》：小说讲述一名叫马
可（两篇小说的人物同名）的人，不满足日出而作日落而息
的果腹而安的日子，不顾亲人的劝阻和外人的嘲笑，脚步遍
布世界，追寻理想中的精神风景。马可在南太平洋群岛梦遇"虚
境生存"的庄思邈，领悟到："宇宙展现在世人面前的，甚至
还不足其全部的4％。从这个意义上讲，人类所有的现实活动，
都是自以为是地在小之又小的孤岛上发生、消亡。而摆脱这一
局限的唯一手段，便是借助虚境生存方式，拓展生命的空间。"
这里的虚境可以理解为不受物质羁绊、开阔自由的精神境界。
现世人们过于注重物质生活，而忽视了精神的探索与开拓，
囿于眼前的物质利益，徘徊不前浪费生命。物质固然重要，
它是人类生存的基础，更是一切活动的条件，有了这个基础
条件之后，引领人类方向、提升人类文明的层次，还得靠精神。

马可来到中国边界，奇遇深谙洁净功的奇人，获训：真正的高人不是躲避生活而是走进生活，"不会像我这样躲在荒野。即使混迹于闹市，他们同样可以置身事外"。这使马可将现实生活当成"虚境"，任凭自我释放，在世俗的法则面前碰得头破血流，被视为"精神病人"。这里我们不能太痴迷于作家津津乐道的"虚境生存""洁净功"之类，需注意执着的精神追求者马可与他所处之境格格不入，这个虚构人物承载着小说的主旨、作家的精神理想。物质欲望充塞的现世，作为人的灵魂——精神被挤压得无处容身；难求洁净的精神，只有在虚境或梦幻中才能与其相遇。小说还给读者更多的启迪与思考："我们的身体和灵魂一样沉积了太多的龌龊。"怎样才能得以净化？清洁的精神怎样化为现实生活的指南，净化我们的身心？作家给我们提供了广阔的"再创作空间"，也传达了作家对现实的忧虑与精神追求。

这两篇小说主旨较接近：洁净的精神追求与现世物欲的批判。而艺术追求各有特色：《残瓷》以青花炉为线索，以"V"字形结构，历史与现实两条线索穿插并行最后合一，给人以历史纵深感的同时又避免了拖沓；以古今比照凸显当下人的精神残缺；文中的玫瑰纯露、青花炉及其破碎，作家都赋予了丰富的意蕴，给文本增添了蕴藉的品质；行文多为写实手法，给人沉实厚重之感。

而《傻瓜的盛宴》以虚构的形式营造现代味十足的意象来达到创作目的。如果说前者在打地堂拳，那后者就是走空索道。《傻瓜的盛宴》营造的是一种陌生的、虚实相生的迷幻艺术意境，给人亦真亦幻、飘忽飞翔之感，创造了广阔的艺术空间，放读者八荒神游。结尾处乃画龙点睛之笔，乍读似乎有点生硬，其实与全文的迷幻氛围相吻合。

这么多年来，阿南自诗歌、翻译到散文、小说，不断尝试着拓展他创作体裁的样式。其涉猎的内容更为丰富，物理、哲学及其边缘科学等，他已走多远了？限于我的浅薄很难说准，但就眼前他刚涉足的两篇小说，亦不难感知他的精神和艺术探索的脚步，取得的成绩亦令人惊喜不已。

民族魂魄与生存境遇

——试说王向力小说的内在精神

曹雨河

近日集中阅读了作家王向力的一批小说：《净土》、《寒尽不知年》、《寻找薛文彦》和《坚硬的河流》。阅读这些篇章，总能感到文字背后有一位松树似的汉子，在关中或伫立或行走，感应着他滚烫的血气和怦怦的脉动，脑海里油然出现久违的两个字——风骨。作家稳健的乡村叙事、性格鲜明的人物及其精神内涵，如"山里的干货"，耐人琢磨，且味道纯正，在文学被重口味、血腥、玄幻充斥的今天，作家王向力献上一系列营养丰富的

141

人文盛宴，实属难能可贵！

我猜测，作家王向力的心目中肯定站立着我们民族英雄的群像：夸父、共工、愚公，抑或谦谦君子，基于此，他的小说塑造了一群如薛文彦（《寻找薛文彦》）、宋克俭（《寒尽不知年》）、林丰（《净土》）等"猛志长存"的富有民族精神的人物形象。

小说《寻找薛文彦》里的薛文彦是一位承续民族英雄基因的人物，他有着为民谋福利的情怀，他的胆识魂魄是集体的、民族的，胸怀至高的目标，心生无畏气概，任何艰难险阻都无法阻挡他前行的脚步。在 20 世纪 70 年代上半叶，物资匮乏、技术落后的境况下，薛文彦作为偏僻山区的一乡长官，毅然决然地要修一条让山民走出贫困、走向富裕的路。这条路连准备在深山建设兵工厂的部队都望而却步，而他修路的决心却坚定不移，他面临的不仅是穷山、恶水、险峰，还有匮乏的物资、科技、人才，更有人的信念，与愚公移山的境况几多相同！愚公还有天帝可感动，而在当今时代，他可以依靠的只有为老百姓谋生存的一颗心、勇于担当的胆识和坚忍不拔的意志！

他认准了修路造福百姓，而同事们畏缩困难持不同意见时，他敢于"独断专行"；当一切还是白纸的时候，他只身一人穿莽林、爬山崖、涉恶水，探察路线，险些丧生。他无私无畏，身先士卒，唤醒向往幸福生活的人们的心智，在人们的心中筑起一道通途。修路需要资金，薛文彦低三下四去县上求告援助，去公路局"化缘"，甚至违规犯纪挪用公款，当同事们晓以利害时，他铿锵有力地说道："怂呀！能有啥嘛，有啥事我一个人承担着，跟你们几个没关系，要割头割我的！"修路钎凿时乱石横飞，死人的事随时都有可能发生，薛文彦的肩头承担着所有施工工人的生命！他如此不避利害、不计得失地修路，是为了制造形象工程吗？是为了居功邀赏吗？他没有尊严，不懂得法纪的严厉吗？不明白其中的利害吗？还是说在他的心目中百姓的福祉高于一切，其他都置之脑后！？路修通了，剪彩的场面找不到他的身影——他功成身退。薛文彦几近完美的人格，富有理想色彩，也是老百姓期盼的父母官。

弹指一挥间，几十年过去了，新一代山村领路人怎样了呢？根据时代背景，小说《寒尽不知年》里的宋克俭应该是薛文彦的精神"传人"，他的脉管里流淌着薛文彦的血液：无私为民的情怀，雷厉风行的气魄，敢作敢当的品格。宋克俭是一个只顾拉车不知看路的人，尽管在城镇干得成绩显著，还是被发配到穷山沟里，但他依然不改初衷，舍弃小家一心扑在为民致富的征途上。薛文彦面临的困难宋克俭一样也没少，反而增添了人心的泥潭、人际关系的错综复杂和累累的债务。为了使已濒临瘫痪的乡领导班子正常运转，他使出浑身解数，甚至不惜出歪招、黑招：稳住地头蛇，镇住恶债主，"搜刮"各职能部门，动用派出所力量拦截出山路口，阻止山货外运，终于搞成了"旅贸会"，有了盈余后给乡里工作人员发了工资，总算启动了乡政府这套系统。为长久计，他又与投资商斗智斗勇，苦心孤诣经营，签了建造"度假山庄"的合同；征用土地，触动个别人的既得私利，浮出水面的却是非法拘禁百姓、强占退耕还林土地。

不难想象，宋克俭以失败告终……其过程，很多事情按常规难以行得通，不合规的行为却成为常态：为了完成税务去省城买税票抵挡，为了达成某个目标，激化了干群矛盾，甚至不惜动用派出所的警力。宋克俭辗转腾挪，左冲右突，做着薛文彦那样为民谋利益的事情，却遭遇着不同性质的困境，薛文彦功成身退，宋克俭败北下课。这隐约又准确地暴露了基层官场盘根错节的利害关系，干群之间的矛盾，人心的私欲

144

和愚昧短视，这些因素构成一张看不见的大网，缠裹人的手脚，消耗人的精力，钝化人的智慧。这体现了作家的现实关怀和思考。

如果说上两篇小说是在寻找我们民族万劫不移的精神基座，那么《净土》就是逃避社会雾霾、获得心灵宁静的清洁空间。由此看来，王向力的寻找和逃避是一枚硬币的两面，其核心是一致的——崇尚高贵的人性！

《净土》里的林丰从喧嚣污浊的城市跑到深山古庙，就是为了寻得一处清净环境，做一件有价值的事情——收集、保护历史文物，更是为了保持内心的清净。他与志趣相投的齐小云与其有着琴瑟之谐，无奈社会商潮无孔不入，寺院这片净土也被侵蚀、雾化，加之他人的灰暗心理作梗，他们又一次逃离，另寻他处。他们去哪里寻得净土？净土何在？高洁的心灵何处安放？由林丰的再次逃离想到薛文彦和宋克俭的结局：薛文彦劳苦功高没提升，反而调进县里的企业单位，晚年沦落为集市上的牛羊经纪人，生活状况可见一斑；宋克俭"下课"了，假如他继续干下去，等待他的是什么？或将比"下课"更惨！《净土》不仅有作家对纯洁心灵的体恤，有对社会生态环境的深刻反思，更有对人性不古的危机感。

王向力的小说核心指向：颂扬高洁的灵魂，宣扬为民造福的崇高精神以及对社会生态的忧虑。这是文学永恒的主题。在当下，这种吁请是多么的及时和必要！作家此举和他所描写的人物有着同样的非凡与悲壮！历史不管走到哪个时代，物质都随着时间的流逝灰飞烟灭，而人类崇高的精神却永恒存在着！卑鄙是卑鄙者一时的通行证，高尚是高尚者永远的座右铭！

作家王向力的这批小说文字简洁有力，叙事稳健而富于质感，不难看出作家精益求精的艺术追求。《寒尽不知年》扎实的叙事中不时介入诙谐幽默的插曲，这些插曲不仅平添阅读趣味，增强可读性，还起到旁敲侧击、丰富主旨的作用。不过，总体还有过实之嫌，未能给人足够的想象空间，在"虚实相生"这个层面还有功课可做。《寻找薛文彦》就有了可喜的精进，这篇小说以寻访的形式，从不同人物的转述中抽丝剥茧，一步步发掘人物的灵魂，一层层建造这座民族精英的精神之塔，待其巍然屹立、万众瞩目时，却哗然跌入深谷（由民族英雄蜕变为集市上的牛羊经纪人），历史纵深处的诡异之变，给人强烈的艺术震撼力和悠远的想象空间。

　　尚需提醒的是，由于作家内心潜移默化了古典英雄的精神基因，其笔下的人物精神素质略显不足。不管是放在纷纭繁复的当下社会，还是就当代人性的复杂性而言，都感到有些单向性，这是作家拘谨、笔墨没有放开的缘故。一部优秀且具经典价值的作品，其内容不仅要达到历史的深处，还要具备直抵人心深处的能力。当然，作品的内在品质，是受作家自身的阅历和孕育他的地域、人文环境、先天禀赋、后天的自觉取向影响的，不宜作普遍意义上的苛求。

过程精彩

——我读·史铁生

曹雨河

史铁生在最狂妄的年龄（二十一岁）双腿瘫痪了，"死去"与"活着"的命题交替高悬在他的头顶！他长期沉浸在一个古园子的荒芜沧桑里，和夕阳瞩目，与古迹沉思，思接千载穿越生命的来龙去脉，慢慢悟得：人一出生就决定了他（她）的必然结果——死。死是每个人的必然节日，不必急于求成，是无论如何也不会耽搁的事情，何不试着活一活？

说着容易活着难。衣食住行何所依？

健全人都难找工作，残疾人更难了。画彩蛋、画仕女、攻外语、写作……踏踏实实和老幼病残熬在一个街道作坊里；上天看不下去，唤去了饱受肝癌折磨的母亲；接着自己的"鲜花依偎在别人的情怀"。死去还是活着？荒寂苍茫的古园默默无语，有些话没说，不是忘记了，是不便说，如果说出来那就是：史铁生不止一次真诚地自杀过。古园子不会忘记，史铁生也不会忘记。就在他笨拙地真诚地过着"节日"时，夕阳摇摇欲坠，瞬间映照得地上每一个坎坷灿烂无比！于是芝麻开门，神秘的钟声传来，山顶上有了传奇，清平湾升起晨光，升上那年小说最显要的位置，活下来不再落得形销骨立。

生存不仅仅是一个肉体和物质狂欢的过程，还有心灵和精神的二重唱。史铁生用笔杀出了一条生路，也认同了自己的现实，心情平和多了，泰然地承受了上天赐给他的这份命运。他的目光和思想越过自身的残疾与困境，关照并透视芸芸众生的残疾和困境，默默地凝神，深深探索人类命运的问题："欲望无边，能力有限，是人类生来的困境，所以建立起诸多观念，以使灵魂有路可走，有家可归。"这和鲁迅"为人生而且要改良这人生""揭出病苦，引起疗救的注意"不谋而合。生存的自由是相对的，而困境是绝对的，我们不能指望没有困境，但有可能不让困境扭曲我们的灵魂。

史铁生对自身、同辈人乃至人类的生存困境做了思想烛照，发之于内形之于外。作品是一个作家内心世界的外化，如《毒药》寓言物欲虚荣的洪流淹没了人的本真，《务虚笔记》拷问在追求"高速发展"中人的本身遭遇遗弃迷失，《我的丁一之旅》以温软抚摸历史的坚硬和人性的脆弱……这些作品以深沉的思想探索了人类生存困境及其根源。

面对困境，史铁生也像无数仁人志士一样上下求索，《命若琴弦》《礼拜日》是他求索的结果。《命若琴弦》的老艺人终于拉断一百根琴弦，片刻的狂喜后跟进的是无限期的绝望，绝望中领悟了谎言的真意，重新修补了谎言，振作起来去寻找那个小艺人；《礼拜日》中的他仅凭一个莫须有的地址执着而无望地寻找。这与曹雪芹吟的《好了歌》有了某种暗合，生命的美丽和精彩全在对美丽和精彩的追求过程中，不在追求的目的。

史铁生像前贤那样，诊断了众生的病苦，也试着开药方："生命的意义就在于你能创造这过程的美好与精彩，生命的价值就在于你能镇静而又激动地欣赏这过程的美丽与悲壮。"

史铁生基于自身感悟和对芸芸众生的思考，探索得这么个处方，它对现代人的病苦有多大疗效，还要以各人的个体特征为凭证。

潺潺流水浮出人生的坚冰

——王安忆小说人物妙妙与阿三的悲剧探源

曹雨河

　　王安忆的中篇小说《妙妙》写的是20世纪80年代的故事。农村女孩妙妙初中毕业后由父亲的好友帮忙进了头铺镇招待所做临时工。妙妙虽然文化程度不高，可她有着非凡的哲思：所有的新潮时尚都是离经叛道。她还有远大的理想：做一个北京、上海、广州的现代青年。因此，对偶然住进招待所的北京摄制组，心活了，眼亮了，也感觉理想近了，似乎北京就在眼前，不自觉地将自己献给了摄制组的一个小角色。北京摄制组很快就走了，小角色留给妙妙一台吱吱呀呀的小收音机，也留给她无尽的空寂和忧伤。这是她奔赴理想的起步，更是她用青春填充别人无聊空间的开始，悲壮又浪漫。相继，她又填充了已考上大学的初中同学孙团的无聊暑假和县计生委有妇之夫何志华的失眠长夜。妙妙不是欲望女孩，她决绝地拒绝过和她的理想不相符的张业和小发。这两位吃不着葡萄必言葡萄酸，添油加醋地宣扬了妙妙的丑闻，这对身居80年代农村的女孩来说，无疑断送了她的未来生活。

妙妙身无长技，没有出众的智慧，也没有受过良好教育，更无贵人相助，她只能凭自己的身体为她的理想铺路，悲哀的是这种付出无济于她的理想，而鲜活了别人无聊的空间。她终于有所醒悟："用鲜血和生命也换不来美好灿烂的明天！"

我们再来看王安忆的另一个中篇小说《我爱比尔》中的人物阿三。阿三的故事发生在20世纪90年代的大上海，和妙妙相比，她有很多优势：她聪颖，受过很好的教育，是艺术院校绘画专业的大学生，身怀长技……可她的悲剧如妙妙的翻版：用青春的身体去铺理想之路，嫁个老外——出国。为此，她的第一滴血流给了在画展上认识的一个叫比尔的美国使馆青年，这之间没有胁迫，没有诱惑，充盈其间的是自愿和主动奉送，为此，她丢掉了学籍。这在 90 年代的中国，就是丢掉了一辈子的铁饭碗和社会身份。她为了吃饭，给毛巾厂画千篇一律的图案，给人家孩子做家教。比尔驻华期满，走了；走了的比尔，给阿三留下遥不可及的思念和无尽的忧伤，也留给她一口流利的英语。阿三凭着出众的智慧在绘画市场正打拼得小有名气的时候，遇到了法国画廊的小老板马丁。血脉的传承和耳濡目染的熏陶使得马丁有着过人的艺术见识，点破了阿三绘画的"死结"，无意间摧毁了阿三多年经营的绘画"建筑"。阿三再也画不成画了，生活无以为继，无以为继的阿三凭着一口流利的英语混迹于老外出入的大堂里，寻找生活的依据，成了专为老外提供色情服务的一员。终于有一天，阿三被警察叫停，进了劳教所……

妙妙和阿三相比：一个在农村，一个在大都市；一个天资平平，一个智慧超群；一个初中生，一个大学生；一个身无长技，一个画技出众；一个连客房的临时工都做得勉强，一个连当小姐、坐监狱都出类拔萃……可是她们的悲剧如出一辙。王安忆的笔是怎样将这有价值的东西撕毁给别人看的呢？

理想是生活的主题，更是文学的主题，理想的设置以及追逐理想的途径不得不慎重。在 20 世纪 80 年代的中国，一个身无长技的农村少女，立志过北京、上海、广州现代青年的生活，这的确让人惊诧，我不忍将好高骛远、愚妄、可怜这样的词放在妙妙身上，可又找不到更合适的词来表达；相比起来，大学生阿三，说起来就爽快多了。阿三以爱比尔来达到出国的目的，为此，她献出自己，丢掉学籍，荒废画艺，这与梦想飞上蓝天却拔掉羽毛之荒唐有何区别呢？这就植下了她们悲剧的根源。

理想的目标涂上了虚幻的光芒，使她们虚妄的理想显示出悲剧色彩。妙妙最理想的目标是摄制组的那个跑龙套的小角色，他在妙妙心中光芒四射，这种光芒不是本体发射的，而是妙妙虚幻的，又由于心理幻化作用使这种光芒变得真实而又强烈，直至左右了妙妙的心。阿三何尝不是如此呢？她无非是重蹈了那个老话题：外国的月亮特别圆特别亮。这圆和亮也是阿三心理虚化的结果。

理想追逐之虚幻显示了悲剧姿态。妙妙身无长技似乎成了她用青春身体追逐理想目标的理由；其实不然，阿三高智商，

受过高等教育，有绘画专长，她为什么还要用青春的身体为
她的理想铺路呢？

　　我之所以将王安忆的这两个中篇小说放在一起来读，是因
为它们给人的启迪、人物的命运轨迹、小说展开的动力、结
构布局都相类似，堪称姊妹篇。就小说的推动力来说吧，心
理流程行云流水，是"被自身的重量愣拽着的，停不下来"。
我曾和一位文友说过，当代中国不知哪位作家在把握人物心
理上能赶上王安忆。王安忆的人物心理有着多重作用：作家
刻画人物传达情思，推动行文，营造氛围……这正践行了她
自己的小说观：用现实材料建筑起心灵世界。

　　小说的语言细腻绵密，氤氲如潺潺流水，沁人心脾，透人
肺腑，就是这潺潺的流水浮出人生坚硬的冰块。

书痴百味

邱保华

古人说：人生百病有已时，独有书癖不可医。我就算是这样的一个书癖。我这个书癖，尝到了读书、购书、藏书甚至于写书的各种滋味，有苦涩，有甘甜，这书癖百味，自小开始，长大依然，将来也不会改变。

最早迷上书，是受父亲的影响。父亲年轻时在乡政府工作，空闲时常买些书看，看完后便随手丢到一只没有盖的小木箱里，那时候我大约七八岁，先是翻出里面的画册来看，却惊奇地发现，书中的世界奇妙无比。慢慢就去读一些"大书"。小学还未毕业，我就已"啃"了《烈火金刚》《卓娅和舒拉的故事》《钢铁是怎样炼成的》《红岩》等书。父亲对我看书的爱好很鼓励，他说"书才是真正的财富"，这句话让我刻骨铭心。可惜那时我不懂得保存这份"财富"，那没有盖的小木箱里的书，随意地让别人拿走，慢慢地也就所剩无几了。已染上书癖的我，没有很多书可看，急得不行，就设法去买书。那时家里十分贫困，哪里有钱给我买书？于是，我就趁着家中卖了大肥猪，向父亲提出买书的要求，有时谎称是学校统一要求买的。手中有了十几册书，不仅可以反复阅读，还可与同学们交换着看。有的同学对书不大在乎，将我的书还给我，他的书也不要了，我就把这些破损的书用米饭粒粘好，珍藏在我自己的小书箱里。

成年以后，我的生活虽然颠沛流离，但看书、买书的爱好始终保持着。我曾在一所农场当民办教师，那时民办教师的工资由场部统一发放，但公社文教组每月给民办老师补贴几块钱，作书报资料费。首先是三元，又五元，继而八元。别的教师用它买烟抽，买生活品，我却把这笔钱全用来买书，还自贴很多钱。那时我特意订了一份《书讯报》，看到有喜欢的图书出版，就想尽办法把它购回。这样一来，我的屋子里就有了一排排一摞摞的书，渐渐地，显得有些壮观了。

书的存放是一大累。我家曾搬迁到一个湖区农场，这里年年闹水荒。每次大水到来之前，我最担心的，不是怕损坏了贵重家产，而是怕浸坏了我的书，凡是屋里的"制高点"，几乎都要被书占领了。我正式招工后，工作岗位变换得频繁起来。每次搬家，我的首要任务是清书、装书、搬书，到了新住处，首要任务是拆捆、清书、摆书，哪怕忙到凌晨，腰身酸胀难忍，书不摆好不罢休。我调到县城工作的那几年，住个十平方米左右的宿舍，家具都没处摆，更谈不上造书柜了，只好把图书分别存放在几个地方，丢损颇多，十分可惜。在一个天气晴好的假日里，我将受潮的书搬到屋顶去晒，一下子被风刮走不少，让我着实伤心了好一阵子。

20世纪90年代初期，我调到一座中等城市工作，分了一套略为宽敞的住房，这才有了一间完全属于我的书房，于是赶紧做了三乘大书柜，宽占一整面墙壁，高接屋顶。我把所有的书摆了上去，编号造册，数一数，竟有近三千册，一股兴奋立即涌上心头，就像一个守财奴，看到了自己慢慢积累的一笔较可观的财富。

如今去买书，远没有过去那份潇洒。书价连年翻番，同一版本的《红楼梦》，十年前才三元多钱，现在是四十多元了。我的收入不多，工资是要养家糊口的，仅靠一些稿酬购书，自然十分有限。每次走进书店，看到包装漂亮的书，非常想买，但摸摸羞涩的口袋，这心里的滋味，无法形容啊。想起过去的一些同事、朋友，他们顺应潮流，下海淘金，倒手赚钱，不少已成为"大款"。他们有的一掷千金，眼都不眨，高档用品，一应俱全，妻子儿女，披金戴银。而我呢？仍是一介寒儒，满身酸腐，常常为凑不出百来元的书款而遭营业员的白眼。但是，我痴心难改，魂迷心窍，对于太心爱的书，节衣缩食还是要去买回来。一次去书店，看到有几本岳麓书社出版的古典名著，我正好在配置这种版本的"文库"，就迫不及待地让营业员打包，可在付款时，搜尽了身上的现钱，仍差十几元。情急之下，我央求营业员给我留着，自己马上拿钱来取。我一口气赶回家，从妻子口袋里"抠"出这个月的生活费来，终于把书全买回了。

"书卷多情似故人，晨昏忧乐每相亲。"当我烦闷时，到书房独坐，心境豁然开朗；当我困倦时，凝视满满的书柜，顿感神清气爽。一旦新书到手，总要放在枕边亲昵一些时日，这已成为我生活中无与伦比的享受。我常想，我虽然没有几位数的存款，但这书架上的几位数的藏书，足能抵得上许许多多的存款。"书才是真正的财富"，我父亲对我说的话，我将要一代一代地传给子孙们。

可是，在一个静夜里，我反复回味着白天和同事们议论的一件事：单位有个下属公司，进了一批小霸王游戏机，十分畅销。现在的小孩子，一放学就迷恋游戏机，连我那六岁的儿子，也曾向我讨要："爸爸，给我买个游戏机。"想到这里，我的心底生出一股悲凉和忧虑：我的孩子长大后会不会对读书不感兴趣呢？我父亲的那一句"书才是真正的财富"的教诲，已融进了我的人生，而我的孩子能理解我留下的这笔"真正的财富"吗？他会不会当成废纸，论斤卖掉？那么，我毕生苦心营造，并引以为荣、为乐的一点"业绩"，岂不付诸东流了？

这样一想，我不禁感到茫然。

书缘缕缕

邱保华

　　静静的夜晚，借一窗银色的月光，伴一室淡淡的书香，倚伴书柜，轻抚卷册，把品书味，心中顿时饱胀着喜悦与畅朗。这一夜，梦也会很甜很甜。

　　小时候就喜欢书。记得当年在故乡的小山村，我拥有的书，是全村小伙伴中最多的。这不仅有赖于父亲给我留下的一木箱子书籍，还靠自己用积攒起来的零花钱，买回了一册又一册小人书。每当有小同学到家里来借书时，我总是热心爽快地打开自己的书箱，我赠书时的那气派、那心境，全然像是一个大富豪。自己当然更是不舍昼夜，把卷玩册，被人称为"小书呆子"。那时候天空很蓝，风儿轻轻地吹过来，梦中也会吟出"留连戏蝶时时舞，自在娇莺恰恰啼"来。

伴着年岁的增长，我的书瘾也渐渐增大。别的爱好提得起放得下，但只要走到商家的书柜前，这脚下就像生了磁极一般，一步也挪不动了，接过营业员递来的图书，指尖轻轻掠过封面时，是一种迷醉的心动。从小人书到大部头，从单册到成套，一册一册渐渐充实了自己的房间。先是书箱，后来是书架，一层层往上摆，每买进一本新书，都有接进一位新娘般的激动与豪迈。

那时住在农村的土坯房，房子不窄，但条件有限，不能专门弄一间书房，所以我那时总在做着一个梦——书房梦。我想象着我的书房并不要多大，但一定要摆上书柜，柜子里是满满的书，在忙碌了一天的身心之后，于夜静时依书而坐，同古今中外的名家大师拥怀交谈，与书中的有趣人物窃窃私语，定是一种恬适的心境，灵魂的升华。

参加工作之后的好些年，仍然是为居室发愁。我结婚的时候，还只住着单位的一间见方斗室，那个书房的梦，似乎越来越缥缈了。直到孩子快四岁了，才分得一套两室半一厅的房子，虽然面积并不大，但此心足矣。于是赶忙设计布置书柜，把自己散放在各处的书籍集中起来，竟使得书柜里"座无虚席"，还在桌上码了一摞。这样，在我的小家庭里，其他地方是寒酸的，但书房壮丽辉煌。每天一家人晚归之后，无论怎样疲惫，都要走进书房，默默地品味书香，有时读到精彩之处，夫妻俩共享其乐，连幼小的儿子也十分开怀。书籍相伴我们走过了一个又一个美丽的日子，小家庭的生活，因为有了书，才无比幸福圆满。

坐在书房中，把品书味，思绪便如野草般疯长和蔓延，撩起喷薄似的力量和创造。我常常想，大千世界，芸芸众生，生活方式多种多样，可为什么读书才是全人类的共同愿望，而许多人以此为毕生的追求？也许因为书籍是维系和沟通人类情感的信息码，是激活人们对生活理解、热爱和眷念的源泉。人们通过读书，感受文化信息对心灵的抚慰，接受知识火焰对人生的温暖，补充现实生活中因缺乏知识而呈现的虚弱。所以我认为，读书是最高尚的生活方式，是最富魅力的人生乐章。通过读书，又常常激起自己创造的欲望，于是荷笔当锄，躬耕方格间，在精神家园里播种收获，并且出版了自己的文章，走进了作家的行列。这时我感觉到，写作是读书的又一种形式。读书时与古今中外的作家们交流感情，引起了自己对生活的深刻认识，于是就以写作为打开人生奥秘的金钥匙，借助笔来诉诸发现、宣泄情感。说不定若干年以后，又有读书人与我不期而遇，解读我在书中编就的一组组生命的信息，或许还产生了共鸣并引为知己，这不就超越了生命，超越了自我的美妙境界吗？

　　书读得多了，在走过了一段长长的书旅后，我慢慢懂得了放松自己的道理，人世间物欲的诱惑、浮躁的侵蚀、世俗的熏染，在读书人面前变得不堪一击，拥有的只是"采菊东篱下，悠然见南山"的心境。岁月如梭，人生似旅，走进书房，便是走进了人生的桃花源。

夕阳芳草都是诗

邱保华

第一次发表诗很偶然，那一年我十八岁，正在家乡的小学校当一名民办小学教师。早晨，走在上班的田埂上，清风扑面，草露沾衣，不觉有所感触，当即想出几句儿童诗《风》：

风阿姨，真淘气，
总爱掀起我的衣。
我噘起小嘴要说她，
她忙叫草儿点头赔礼。

　　我把这首诗寄到上海《儿童时代》杂志社，不多时，收到编辑部寄来的一封信，信中说："邱风同志，诗作《风》拟采用。你如投了其他地方，请来信说明……"

　　我立即作了回复，同时又附寄了几首诗过去。过了一个月，就收到两本 1982 年第二期《儿童时代》（半月刊）样刊，上面发表了我的一组儿童诗，总题目为《风》。

　　这是我的诗歌处女作。以后我对诗的兴趣越来越浓。

　　我是凭感觉来写诗的，有感而发，不作无病呻吟。读中学的时候，我替学校编宣传报，收到一些同学的诗稿，内容大气磅礴，我就对他们说："你们没有这样的生活，这不是自己的真情实感，不能算创作，只能算摘抄，诗要自己写，功要自己炼。"陆游诗云："汝果欲学诗，工夫在诗外。"这个"诗外"指的是生活。热爱生活，善于从日常生活中捕捉别人不易发现的"小"，从而以反映整个时代的"大"，我以为这才是诗人最基本的素质。著名文学家、《当代》文学杂志主编秦兆阳先生曾在写给我的一封信中谆谆教诲道："应该多从人生、社会、历史去开阔思路，向宽、深、厚、美去努力。"从此，我开始对现实生活进行一些深刻的思考，并特别注意捕捉日常生活中的瞬间感受，捕捉灵感的闪光。我的案头、枕边都放了小纸片，随身也总带着簿子和笔，一有感受，便记下来，这些东西虽原始粗糙，但多是生活积淀的爆发，通过形象思维，通过反复锤炼，往往可结成诗果。

　　我是生于农村长于农村的孩子，后来虽走出田垅，但常常对躬耕的老农产生无限崇敬，但提起笔来，却苦于表达不出这种感情。有一天我看见一群抬石头的老汉，每人腰间扎一根草绳，累得筋络突起，但一个个脸上挂着迷人的微笑，我被震撼了，这天晚上，我一口气写出二十多行诗，题目是《山里人》：

　　　　巍巍群山造就你粗糙的摇篮

　　　　厚厚石壁烙满你蹒跚的步履

　　　　从缠树裹叶茹毛饮血的岁月

　　　　到垒石结绳刀耕火种的记忆

　　　　祖先啊祖先

　　　　你把思索和梦想溶进汗滴

　　　　祖先啊祖先

　　　　你把沉默和向往埋进土地……

诗家评论这首诗"有着非凡的力度，感情和理性达到了高度统一"，"给人以辽阔的思索感"。

扎扎实实地读书，不断扩大知识面，努力加强艺术修养，对诗歌创作至关重要。我的整个学生时代在校园里没有念到多少书，导致我创作上"先天不足"。为了弥补损失，提高自己的文学修养，我花了很大的精力读书，从1982年到1985年，我连续四届参加《鸭绿江》文学创作函授学习，同时参加北京语言文学自修大学刊授。这几年间我可以说是通宵伏案，闻鸡起舞。我节衣缩食地购回千余册书籍，像饥饿者碰到面包，拼命咀嚼。我特别喜欢李白、杜甫、李清照的诗词，同时，对现代诗人艾青、郭小川、舒婷、叶延滨、饶庆年的诗歌也读得如痴如醉。遨游书的海洋，提高了我对人生的思考能力和对生活的感受能力。

最初写诗，只为纯粹的情感需要，写来写去时间长了，诗歌对于我则成了一种难以言说的情怀。回顾反思，这些年来我写了一摞又一摞诗稿，虽然都是自己真情实感的反映，也留下了时代的足迹，但艺术概括力度有待提高，一些诗作缺乏巧妙的构思。今后，我要更加多读、多思、多写、多提炼，尽可能扩宽自己的视野，丰富自己的想象力，舒展现实主义与浪漫主义的双翼，在诗歌的王国里自由地翱翔。

浮生有闲尽读书

邱保华

　　闲闲的假日，静静的夜晚，便是我自由驰骋的时光。躲开那些带着交易的请客吃饭，避去那些繁文缛节的公事，抛却心结，远离喧嚣，一个人躲在家里，泡上一壶茶，卧坐在躺椅上，捧着自己喜欢的文字，其身也爽，其心也爽。

　　或许是我个人爱好所为，我很喜欢徘徊在中国古典文学的书架前。倒不是因为我有多高的学问，也并非抱有什么怀古伤今之偏见，我只是想在我国璀璨的历史文化中，找到几位良师，获得些许教诲。所

171

以，在这里，不用拿书，只面对那一排排典籍，就像面对一位位先贤圣哲，浮躁的心瞬间就会宁静下来。我轻轻翻开书册，满纸的方块字都荡漾起来，于是我迈着从容的步伐，从千百年前一路走来。我默读着寓意深邃的先秦诸子，轻念着辞藻华丽的汉赋和魏晋美文，低吟着唐诗的繁华、宋词的苍凉、元曲的妩媚，咀嚼着明清别有韵味的小说，我的灵魂也在阳光下静静舒展。

滔滔长江，滚滚黄河，巍巍五岳，悠悠历史，煌煌华夏，泱泱吾国。五千年的风风雨雨，凝结成智慧的文字，轻轻地碰撞着我的思想。那浩渺书海中的每一篇文、每一段话、每一个字，如潺潺流水，流进我的心底深处，浇灌着我心灵的每一个角落。

在书的国度里，我享受她给予我的无尽乐趣。我幸福地在苍松翠柏环绕的杏坛和颜渊一起听孔圣讲学，"学而不思则罔，思而不学则殆"；我欣欣地在滔滔的汨罗江畔，和屈原一起漫步轻吟"路漫漫其修远兮，吾将上下而求索"；我兴奋地在菊花开遍的南山西畴和陶潜一起临清流而赋诗，"采菊东篱下，悠然见南山"；我欢喜地在明月朗照的深山竹林，和王维一起抚琴长吟"明月松间照，清泉石上流"。

    在书的海洋中，我攫取书给予我的睿智甘霖。我听到孔子的绝论、屈原的高呼、霸王的怒吼、东坡的绝唱；我看到张生与崔莺莺坚贞凄婉的爱情，梁山伯与祝英台生离死别的绝唱，俞伯牙与钟子期高山流水般的友谊；我读到陆放翁"心在天山，身老沧州"的感伤，苏东坡"会挽雕弓如满月，西北望，射天狼"的豪情，辛弃疾"醉里挑灯看剑，梦回吹角连营"的坚韧。"长风破浪会有时，直挂云帆济沧海"，这是书教给我的自信；"非淡泊无以明志，非宁静无以致远"，这是书教给我的淡然；"小舟从此逝，江海寄余生"，这是书教给我的豁达；"到中流击水，浪遏飞舟"，这是书教给我的一种激情；"拣尽寒枝不肯栖，寂寞沙洲冷"，则是书教给我的一种弥足珍贵的特立独行。"昨夜西风凋碧树，独上高楼，望尽天涯路"，书让我看清了人生的方向；"衣带渐宽终不悔，为伊消得人憔悴"，书让我对文学近于痴迷；"众里寻她千百度，蓦然回首，那人却在灯火阑珊处"，书让我对人生有所感悟。读书，相较于现代人的浮华和焦躁，永远是一片宁静、清凉、平和。

　　抚读沧桑，遍阅今朝，于浩瀚文学中追寻历史的足迹。一张椅，一壶茶，一卷书，我就这样在闲暇的日子里，游历中外，穿越古今，造访圣哲先贤，品茗百载流芳。

图书馆，心中永远的圣地

邱保华

感谢市图书馆，给我戴上"骨干读者"帽子，让我参加骨干读者座谈会。我感觉，这是我最珍贵的桂冠，是我人生最大的幸事。这证明，我这个人还没有脱俗，还在大雅之堂门内，我的人生还有一定价值，我的生活还充满意趣。

我说了这些话，在时下许多人看来，可能认为是痴话、笑话，可能惹人嘲笑，甚至蔑视。是呀，在市场经济为主流的当下，人心浮躁，物欲横流，一切向钱看，还有谁向往图书馆这个清心寡欲的地方？

175

有谁不去拼命赚钱而把时光用在读书上？

我们是一群与图书馆有着不解之缘的人。别人可以瞧不起我们不会赚钱，但没有人瞧不起读书这个行为。我们每个人都会在现实中看到这样的情景，越是那些书读得少的有钱人，他就越是希望自己的子孙多读书，因为他心里一定羡慕拥有一份读书心境的人。

图书馆是我们心中永远的圣地，我们这辈子是离不开她了。离开了图书馆，我们会倍感寂寞，我们会一无所有。这个世界上，人各有志，泡歌厅、酒吧，是一些人的生活方式；泡牌铺、赌场，是一些人的精神依赖；泡球场、棋室，是一些人的业余兴趣。而我们的闲暇时光，注定是要泡图书馆的。这没有办法呀，这是我们的宿命，只有在这片圣地，我们才精神抖擞，情绪高昂，灵感浮动，乐而忘忧。我们要是到那些灯红酒绿的闹场去，我们也只有看别人激情如火，而自己冷哉呆哉。

我并不是炫耀我们的业余爱好有多么了不起，而排斥别人的业余生活方式。客观地说，存在的都是合理的，每个人都有自己的生活追求，谁也没有权利干预和贬斥别人的生活方式。只是我要说，读书是永远的时尚，图书馆是最好的精神栖息地。就我个人感受，在这些年泡图书馆过程中，我得到了很多的人生收获，享受到不一样的生活乐趣，随意便可举出几个点滴来：

泡图书馆可以获得丰富的知识。在我的本职工作中，经常要借助相关法律法规或借鉴别人的好经验，去处理事情。而我所需要的这些信息，单位发的资料中没那么齐备，个人去购买，也没那个能力，而图书馆就是最好的资料库了。我经常在这个地方找到我急需的资料，解决了我本职工作中的大问题。在我的业余创作中，更是要有大量的书刊以资学习借鉴，这个问题只有图书馆才解决得了。比如，我搜集宋末道教首领丘处机的资料，就在这里查阅出不少宋末元初、蒙古时期的资料，特别是元朝初期的资料，因明初时期被人为损毁得厉害，所以很难找。而此时，市图书馆的老师们热情地帮我联系其他图书馆和书店，给我拓宽资料来源渠道。所以，市图书馆在知识上给我帮助最大。

泡图书馆可以结识很多的挚友。世界上多的是利益之友，而通过读书结缘的朋友，是最真挚、靠得住的朋友，也是最让自己受益的朋友。我在这里借书、读书时，结识了不少朋友；在搜集资料、交换学术意见时，我认识到全国各地的朋友，这些朋友是我宝贵的资源，是我一辈子的财富。

泡图书馆可以享受无限的乐趣。人是愁苦最多的动物。俗话说，为人不自在，自在不为人。每当我走进图书馆，倚靠在一排排书架前，身临一群认真读书的朋友之中，我就感到心灵的污浊涤荡一清，耳聪目明，全身舒畅，一读就是一整个上午或一整天，临走时，还要借上一两本带回家，放在床头，晚上睡前读一读，这一夜做梦都是甜美的。这种被美的享受所浸染的感觉，非爱书人无可言也。

泡图书馆可以参加有意义的活动。由于我爱泡图书馆，被这里冠以"骨干读者"，所以经常被邀请参加这里的活动。比如，我提出的对鄂州地方著作大搜救的建议，很快得到图书馆乃至文体局领导的高度重视，专门成立了大搜救领导小组，我被特邀参加大搜救工作专班，经过两年多的努力，搜集了大量的鄂州作者传记资料及其著作，成立了地方文献资料室，编辑出版了《鄂州著作人传》，评选出"鄂州十大藏书家""鄂州市读书标兵"。这些活动，不管对我的工作、学习、生活，还是对我的做事做人，都起到很大的鼓舞作用，让我受益匪浅。还有，我协助市图书馆组织了读书月活动、图书馆学会活动、读者讲座活动，能成为这些活动的积极分子，我很有成就感。

　　泡图书馆可以成就丰富的人生。在直接成就方面，我参与主编出版了《鄂州著作人传》《读书征文选》，社会影响很大。我还协助联络了百余位鄂州著作人，搜集近千种地方文献，结识了名流大家，丰富了地方馆藏，加强了读书人与藏书人之间的交流，更拓展了个人资源。在间接成就方面，我通过图书馆方面的指导帮助，写作发表了数百篇文章，出版个人著作四部，编著书籍、报刊七十余种。如果说，我在业余创作上还有一点点成就的话，那绝对是与图书馆的帮助分不开的。

　　我将会一如既往地泡图书馆，在这块心灵的圣地用心耕播，用更大的成果来回报图书馆。

夜读诗意

沈出云

一

　　十年前的今日，我刚从学校毕业。离开城市，离开校园，离开朝夕相处的同学与师长，只身来到了江南水乡一所叫小河的小学任教。

　　虽然心中早已有了准备，但当晚霞逐渐变暗隐去，夜幕重重地拉起之后，独自面对宁静的校园和村办公室临时改成的简陋寝室——一张竹榻床，一张课桌，一把椅子，一只煤气单灶——不免有一种深深的发自心灵深处的失落感。

为了排遣想家的心情，为了排遣无边的沉沉的寂寞，也为了排遣难以忘却的失落感，我又拿起了书本，漫无目的地读起来。一开始，有点心不在焉，有点无可奈何，有点无聊消沉。可尽管如此，人地生疏的我实在无处去玩乐，只能硬着头皮坐下来，在昏暗的日光灯下，读着一本本书。也许是本来就已经爱上读书，也许是环境所迫，也许是逐渐的习惯，渐渐地，随着一本本书的沉淀，我发现自己真的喜欢上了读书。

小学的所在地，原来是一座寺庙。有学生告诉我，那儿曾死过人。"你一个人，孤身住在那不怕么？"真的，当我在漆黑的夜里，捧起了书，读着一篇篇生动而富有哲理的文章时，我忘了害怕，忘了时间，忘了身处的环境。原来的失落感，不知不觉中已忘到爪哇国去了。书，能壮胆。如果不是与书为伴，我怎能独自度过一个个黑夜？特别是在风雨交加的夜晚。

年轻的我，读书的速度很快。那时，不求精读，不讲究方法，不管什么书，先读完再说。读小说，只看到那些精彩有趣的故事；读散文，只看到几句富于哲理的"格言名句"；读诗歌，只看到自由跳跃的浪漫与豪放；读名著，只看到零零碎碎的一大把好词新句……虽然读得粗糙，不求甚解，但大量的阅读，也着实开阔了我的视野，丰富了我的词汇，锻炼了我的思维，增加了我的知识。这，对我三年后发表处女作，起到了关键性的作用。

许多年后的今天，每当忆及那段他乡夜读的独居生活时，心中仍激动不已，充满了无限的向往。那时，实在太幼稚，不懂得好好珍惜。在人们脚步日益匆忙，物欲日益横流的今日，何处能觅得他年那样静谧安宁、独处一角的读书环境？隔着十年的烟雨望回去，那孤灯独亮于旷野村庄的情景，那窗下挑灯夜读的年轻背影，朦胧而又清晰，犹如月光下的田野，充溢着浓浓的诗情画意。

二

由此我喜欢上了夜读。

不管是暑假、寒假的空闲时间，还是双抢、养蚕的农忙时节；不管是独来独往的单身时期，还是谈恋爱的奔波之时，我都始终保持着夜读的习惯。夜读，已经成了我生活的必需品，成了我人生道路中必走的一条自然之道。如果哪一天，我没有夜读，第二天，整个人便像掉了魂似的，惶惶不可终日。直到晚上再次捧起书，才感心安。

每当读书至深夜，为了减轻眼睛的疲劳，我走出门外，来到走廊前的平顶上。晚风习习，阵阵凉意，使人清醒舒畅。四周是一片漆黑，整个村庄早已沉沉入睡，除了墙脚地里唧唧咕咕的鸣叫声外，听不到任何声音。抬头是密密麻麻的繁星，那儿是北斗七星，那儿是璀璨的银河……我不禁感慨万千：白天，忙碌的人群中，有几个人会抬头望望头顶那块无刻不在注视着我们人类的蓝天？黑夜，匆匆的人们，又会有几个人抬头望一眼熟悉的星空？一颗流星，拖着闪亮的尾巴，划过东面的天空。谁注意到它的消逝？谁凝望过它的光亮？如果不是夜读，我能有幸一睹它生命消失时谱写出的绚丽篇章吗？

余秋雨先生在《文化苦旅》中说过这样一句话："人至少要在有可能与自然对峙的时候才会酿造美……"的确如此，人，只有在可能与自然平等的时候才会发现美。人视自己为低贱，对自然顶礼膜拜时，夜晚是恐怖的，毫无美感可言；人视自然为低贱，自谓能战胜自然，凌驾于自然之上时，黑夜是渺小的，没有美的存在。只有人与自然同处于一个台阶时，黑夜才显得可爱，才能发现夜读有一种摄人魂魄的美！

　　要想真正读懂一本书，把一本书彻底读透，只有在夜晚读它。夜读，能让你的精力集中，思维更敏捷，思路更开阔，从而让你到达白天无法企及的深度。

　　夜读，让你自然地与勤奋结伴同行。在聪明与勤奋二者当中，对你事业的成功起着主要作用的，不是聪明，而是勤奋。爱因斯坦说："人的差异在于业余时间！"如果你与夜读为伴，用业余时间来读书，夜读将带给你意想不到的惊喜。

　　我真爱夜读！

轮椅上的『科学之舞』

王立

宇宙从何处来？又将向何处去？宇宙有开端吗？如果有的话，那么在这开端之前发生了什么？时间的本质是什么？它会有一个终结吗？——随着当代最伟大的科学巨星史蒂芬·霍金的一连串激动人心的设问，我开始了对科普巨著《时间简史》的阅读。

阅读这种高深的科学名著，对我来说无疑充满了艰难与障碍。然而，我却与阅读文学名著一样，是如此沉醉而投入。尽管在读完以后，我对《时间简史》所表述的理论依然一知半解，但这并不妨碍我对霍金的无限敬意。

命运与霍金开了一个残酷的玩笑：1963 年，当二十一岁的霍金罹患"卢伽雷病"（运动神经元疾病）之后，不幸全身瘫痪了。四十多年来，霍金被长期禁锢在轮椅上。1985 年，霍金又因肺炎进行了穿气管手术，从此失去了说话的能力。现在我们看到的霍金，是那样一个无助的弱者：软弱无力的身子被固定在特制的轮椅上，头始终歪靠着，无法说话。面对人类与世界，他仅有的表情，只是像个孩子般地咧嘴一笑，露出天真无邪的笑容。

然而，他有一颗健全而伟大的头脑，还有一根尚能活动的手指。就是凭着这根手指，通过轮椅上的语言合成器进行演讲、与人对话、从事科学研究与科普创作。这是多么艰难而不幸的、令人难以置信、催人泪下的人生状态！然而，霍金在这漫长而短暂的四十多年轮椅生涯里，以坚韧、顽强的毅力，求索在科学的道路上，攀登上了科学的高峰。霍金成为世界公认的引力物理科学巨人，以著名的"黑洞理论"名震天下，在全身瘫痪十六年之后的 1979 年，担任了英国剑桥大学卢卡斯数学教授——这是牛顿曾经担任过的职位，他是"继爱因斯坦以后最杰出的理论物理学家"。

　　这是一个充满了奇迹的生命。在霍金的光芒里，我看到了那些健全的却挥霍着、堕落着的生命是何等可耻！

　　"如果在一个清澈的、无月的夜晚仰望星空，能看到的最亮的星体最可能是金星、火星、木星和土星这几颗行星……"一个被禁锢在轮椅上的弱者，他的思想却在广袤的时空里遨游着。在这部《时间简史》中，伟大的科学理论以最质朴、简洁和充满魅力的文字被表述出来。"他机智而清晰地阐述着宇宙物理的奥秘。"《纽约书评》如是赞誉道。霍金认为自己一生的贡献在于：在经典的物理框架里，证明了黑洞和大爆炸奇点的不可避免性，黑洞会越变越大。又在量子物理的框架里，证明了黑洞因辐射而越变越小。

　　　我们在日常的、烦琐的生活中，已沉湎得太久太深了。在这样的生存状态下，对于宇宙、时空……已失去了好奇与想象，更遑论关注与入迷了。而轮椅上的霍金，却始终如一探索着广阔无边的宇宙世界。尽管，宇宙的起始与终结，对于我们来说是多么遥不可及，然而当我们仰望着浩瀚的星空时，心灵的世界会开阔明朗起来；尽管，空间与时间没有开端，没有边界，与我们日常生活中的吃穿住行没有密切的关系，然而，是霍金告诉了我们日起日落的真相；尽管，我们已不能回到过去，但是霍金却带着我们一起开始了科学幻想的"星际旅行"。轮椅上的"科学之舞"是多么美丽！

给予霍金第一推动力的，我想不是上帝，而是霍金永远挺立着的自强不息的精神和作为人的杰出的智慧。无边无际的宇宙，给了霍金无限的快乐。同时，霍金又把他的发现与快乐贡献给我们，让人类一起分享。在《时间简史》的前言里，我读到了霍金引述他的一个前博士后纳珍·米尔伏德的一句话，他说："我关于物理的著作比玛当娜关于性的书还更畅销。"在这里，我看到了一个真正快乐、自豪、幽默的智者霍金。这是一个以另一种方式站立的伟人，这是一个让人可亲近的科学大师。

"即便把我关在果壳里，仍然自以为是无限空间之王！"莎士比亚在名著《哈姆雷特》中的这句台词，给了霍金新的灵感与激动，他的一部关于现代量子宇宙学的重要著作就是以这句台词来命名的：《果壳中的宇宙》。事实上，这也是霍金人生状态的一种最贴切的写照。

伟大的史蒂芬·霍金——这个轮椅上的天之骄子，让人思索着人生的真正意义和真正价值。

女性文学的风景

王立

女性文学是女性自我意识觉醒的反映。女作家们往往通过自己的角度，审视女性的内部世界，审视女性与社会的关系。从"五四"时期发轫的现代文学，女性文学随着人的觉醒、女性意识的觉醒而开始风云激荡，渐成大观。挪威剧作家易卜生的名剧《娜拉》，那一声"砰"的关门声，娜拉出走的背影是义无反顾的，那种对自由的追求对于女性代言人的女作家来说，无疑具有强大的感召力。女性意识的觉醒，是对中国超稳定结构的封建体制的质疑与反叛。受制于时代的因素，当时的女性文学主要是从婚姻中反映女性的现实和对自由的渴望。丁玲的《莎菲女士的日记》中的莎菲，坚守自由，拒绝诱惑，争取人的独立。萧红的愤怒与痛苦建立在自己所遭受的苦难经历中，她以女性经验对人生现实保持了不屈抗争的姿态。

然而，在男权中心的现实下，女性话语总是显得柔弱无力，其人文价值被有意无意地消解。因此，在冰心的作品中，她歌颂的是永恒的母爱，从另一个角度唤醒人类对女性的关注。而洞悉人世的张爱玲看到了女性生存的本质，因为"女人一辈子讲的是男人，念的是男人，怨的是男人，永远永远"。因而，她小说中的女性基本上是在归依男人中求得生存，如《倾城之恋》里的白流苏、《红玫瑰与白玫瑰》中的娇蕊，是现实生活中的饮食男女，在流于世俗中充满了悲凉。所以张爱玲说：我的小说里，除了《金锁记》里的曹七巧，全是些不彻底的人物。她们不是英雄。她们可是这时代的广大的负荷者。这里面的女人肩负着生命无形的担子，过着挤牙膏式的生活。她们无所谓丰功伟绩，更别提保家卫国。若说"伟大"，也是被迫做成英雄——"伟大"的母亲。

张爱玲心目中的"伟大"的母亲，就是女人唯一的价值。

这与冰心的"母爱"有了共通之处。然而，就是在《金锁记》中，张爱玲把母亲的所谓"伟大"也给否定了。金钱毁灭了人性，也毁灭了曹七巧作为一个母亲的母性，沉沦在金钱中的她，自己得不到爱情，又不可理喻地扼杀了儿女的幸福。通过这些女作家的作品，我们可以看到"五四"时期的女性文学中所反映出来的对自由、平等、尊严等人身权利的追求与实现是艰难的，所以显得极其无奈与悲哀。

"五四"以来，直到新时期文学的新生，女性意识与女性话语权重新得到了回归。张洁的《爱，是不能忘记的》叩开了新时期女性文学之门。《爱，是不能忘记的》是对理想爱情的召唤，是对传统道德准则的质疑，同时是对政治桎梏人性的叛逆。作为一个优秀的女作家，张洁对女性现实的洞察是深邃而又敏锐的，她最新推出的长达八十万字的长篇小说《无字》，在激荡的时代历史中考察女性的生存空间，她让我们看到了女性从来没有以独立的姿态完成迁徙的现实。王安忆的"三恋"表达了对女性生存的关怀。《小城之恋》那一对几乎没有精神内涵而只受本能欲望控制的舞蹈演员，其相恋过程只源于原始欲望，这种动物本能是人性的悲哀。《荒山

191

之恋》的男女主角已开始具有精神的追求，在颤巍巍的天桥上，他们合二为一的身体已不仅仅是欲望的化身。《锦绣谷之恋》在飘逸和抒情的叙述下，女性意识的复苏，昭示了女性独立人格的开始。王周生的长篇小说《性别：女》揭示了女性的生存状态，挖掘女性的悲剧之源，追求社会性别平等。

在这些作品中，当代女作家面对的女性现实与"五四"时期女作家面对的现实几乎同出一源，女性独立、自由的过程是如此漫长与艰难。

急剧变革的社会转型期，在传统意识与现代意识相互融汇、相互碰撞的激流中，女性文学呈现了多元化的创作态势。在对于女性的情爱意识、自我意识及其女性生存史的探究与审视中，以女性的立场重构故事，又不限于自我本身，思想的锋芒指向社会现实。如池莉的小说以儿女情、家务事等日常生活为切入点，把女性放在原生态的生活中，展现其客观真实的生存状态和生命价值。张抗抗的《情爱画廊》以男性的视角对女性身体的审美，超越了人的欲望。而残雪、方方、虹影、徐坤、海男等女作家的艺术视野投向了更为宏大的女性与社会现实的关系。

　　女性的私人化写作从女性的主体出发，在极端自我的审美状态下，她们所关注的是自己的身体、性爱、自我，试图以此诠释女性与现实的关系，并与这样的现实相抗衡。林白的《一个人的战争》《致命飞翔》对女性身体的自恋与欣赏，以身体的欲望反映了灵魂的尊严。陈染的《与往事干杯》《私人生活》在哀婉舒曼的私人化叙事中观照"个人与群体、个人与人类的关系"。在林白、陈染等作家的笔下，女性身体的美丽、纯洁，性爱的诗意、快乐，张扬女性个体意识，而不是欲望的诉求，具有了独特的自我意义与审美空间。

　　然而，当女性意识覆盖了整个人生的全部含义时，"身体写作"的激烈与极端走向，使女性文学有了更多的可能，当然也带来了更多的争议。卫慧的《上海宝贝》、棉棉的《糖》中的青春女孩在酒吧、派对、沙龙、小资、颓废、前卫、疯狂、荒诞、毁灭中另类地生活着。情与欲的虚无、泛化，以歇斯底里的方式痛苦地表达出来。"用身体检阅男人，用皮肤写作"（棉棉）这样的创作宣言与实践，在惊世骇俗的表象下掩饰不住内心的无奈与仓皇。而九丹的《乌鸦》，专注于描写床第之欢，性欲的泛滥并不说明女性能够有力地把握自己的命运，同时也是对女性解放的极大自嘲。

女性单纯的自我生命体验和女性本体欲望的表达，并不能提高女性文学的层次，也无助于女性颠覆男性话语霸权、追求平等与自由的实现。"身体写作"因为游离于社会现实与人生现实的基础、找不到女性身心的真正归处而陷入迷津。

无论是法国的《女性与女性市民的人权宣言》，还是美国的《女性独立宣言》，西方的女权主义首先是政治运动，然后才是文化领域，女性文学亦应运而生。女性文学不等同于女权主义，但这是女性人生现实的反映，是对女权主义的艺术演绎。中国的女性文学以五四新文化运动为契机，受西方女权主义及其文学作品、文学理论的影响而得以萌芽，丁玲、萧红、张爱玲、冰心、苏青等女性文学的先驱做出了有益的探索。而从 20 世纪 70 年代末至今，女性文学所呈示的多元化创作，已引起了广泛的社会关注。女性文学的发展除了商业利益的驱动，更主要的是文学自身规律的演变。"身体写作"只是女性文学长河中的浪花。随着时间的推移，更多的女作家、女性文学关注的是对女性与男性的关系、女性与社会的关系，以女性的文化立场，重新对性意识之于生存价值、女性个人的性经验之于成长过程的影响、女性之于社会群体的存在意义等等进行自觉的审视与文化的思考。

对于女性文学而言，平等、独立、自由与尊严永远是她们不变的话题。

书香芬芳润我心

王立

一

　　记忆之中，我生平读的第一部长篇小说，居然是东方文学大师泰戈尔的名作《沉船》。那还是在我十来岁的时候，父亲已在村子里的小学教书了。一个冬天的午后，在父亲的案头，我发现了这本书。这是一本破烂不堪的书，所有纸张全已发黄卷角，而且没有封面，只有那张残存的扉页上，可以清晰地看到书名《沉船》。这部小说的故事情节我早已淡忘了，但是直到今天，

196

我仍然记得最初阅读这本书的情景：在冬日夕阳的映照下，一个孤独的少年埋身在屋檐下的柴草堆里，入迷地捧读着这本书。尽管，彼时初识汉字的我阅读这样的小说，是连一知半解也谈不上的，然而，我全身心地沉浸在一种超越于尘世的美丽与温馨中，而冬天已不再凄凉与忧伤。

尽管从此之后，我无缘再读《沉船》，但是我却从中得到了真正的启蒙。少年的我，从《沉船》这本书中感觉到，文学世界无比神秘、无比美妙，充满了不可抗拒的诱惑。这种诱惑至今还没有消失，一直以来强烈地影响着我的思想、我的情感，改变了我消极的人生观、自卑的生活意识。

自从读了《沉船》以后，我对书籍变得如饥似渴起来。我的小叔是个泥瓦匠，却是个"书迷"，常常捧了本砖头般厚的书，读得如痴似醉。那时我已失学在家，每当小叔白天外出做工时，我就溜进他的寝室，"偷"出他正在读的书，躲到自己的房里，有滋有味地读起来，每每读得那么神采飞扬，那么不可自拔。到了傍晚时分，我就赶紧把书送回去，因为小叔就要收工回家了。翌日又如此。就这样，我从小叔那儿读到了许许多多的书，如《三国演义》《水浒传》《西游记》，还有《红岩》《渔江怒潮》等小说。现在回想那段日子，真是一种极其幸运的机遇。

在我少年时代的乡村，除了上学读书的课本，真正的文学书籍极少，收音机或广播电台有"小说连播"的定时节目，每当到点的时候，我就静坐倾听，每次约半小时，沉迷在小说的情节里、人物的对话中，仿佛自己就是小说中的一员，充满了喜怒哀乐。

就是从那时起，我对文学充满了向往与热爱，并且一直是"衣带渐宽终不悔，为伊消得人憔悴"。

二

读书是一种无与伦比的享受，这种享受只可意会不可言传。我读书时特别喜欢让自己随意地斜倚床头，并让轻音乐轻轻流泻，这时候读书真是舒适极了。而在春雨潇潇或者秋雨蒙蒙的时节，我就让窗外的风雨声陪伴着我，在那种既诗意又古典的意境中，细细体味读书的乐趣。读书人讲究阅读的氛围与环境，坐拥书城久了，就去找一个有山有水的地方读书，其乐趣便横生、味道便奇异了。所以在许多风景名胜之地，往往能看到古人读书的遗迹。当然囿于条件，我对于读书，向来是随遇而安。无论是旅途颠簸，还是家居嘈杂，只要一捧上书，我就能沉浸其中，全神贯注。读书还有安神定魄的功效，在失眠的午夜，打开床头灯，读上诗文数则或短篇小说一二，扰人心绪的烦恼就渐渐远去了，然后无影无踪，在这个时候熄灯睡觉，便可舒适地睡到大天亮。

明朝学人李乐说过一句话：

读书随处净土，闭门即是深山。

我想这就是说出了读书的道理：读书能使人充实而宁静，宁静以致远。只要葆有赤诚的读书之心，烦恼即平静，喧哗即安谧，平淡即璀璨。

读书人一旦读上一本好书，恰如"他乡遇故知"一般，其情投意合、欢娱舒畅之心，几乎不可名状。曾记得，青春年少的我花了三元四角五分钱，从一个小学老师那儿转让到了一套《红楼梦》（人民文学出版社1981年版），当这一套散发着油墨清香的古典名著被我捧回宿舍时，顿时觉得简陋的寒舍一下子变得富丽堂皇起来。这样的惊喜，在不经意间，我总是与之不期而遇。所以，面对日益上涨的书价，我宁愿节衣缩食，囊中羞涩，也会毫不犹豫地买回一本又一本、一套又一套。"书中自有黄金屋，书中自有颜如玉，书中自有千钟粟"，这是古人痴言，也是一种美丽梦想。言外之意就是读书真好，做一个"书痴"真幸福。

三

读书真的是一件特别美好的事情，会让我不断邂逅古今中外的人物与故事，感受人生的悲欢离合，博览世界的丰富多彩。其中，当然还有秦砖汉瓦，唐风宋韵。读书，打开了我的心灵、我的视野，让我进入无比美妙的文学殿堂。

在书中，我与诗剑飘零的李白对饮唱和，"人生得意须尽欢，莫使金樽空对月。天生我材必有用，千金散尽还复来。"胸中顿生豪放之气；与心系苍生的杜甫蜷缩在风雨飘摇的茅屋中，幻想着"安得广厦千万间，大庇天下寒士俱欢颜，风雨不动安如山"的美好愿景；与多才多艺的王维激赏"大漠孤烟直，长河落日圆"的塞上风景；与南唐后主李煜在汴京的小楼凭栏叹息："无限江山，别时容易见时难。流水落花春去也，天上人间"；与杭州知州苏轼同饮西湖的游舫上，纵览"水光潋滟晴方好，山色空蒙雨亦奇"的西湖神韵；与女词人李清照乘舟晚归，"争渡，争渡，惊起一滩鸥鹭"，野趣横生；与立志报国的辛弃疾 "把吴钩看了，栏杆拍遍"，体味"倩何人唤取，红巾翠袖，揾英雄泪"的苍凉悲情。

在书中，我追随唐僧师徒历经磨难西天取经，结义三国英雄征战沙场壮怀激烈，投奔水泊梁山的英雄好汉大碗喝酒大块吃肉，栖居四季如春的大观园阅尽红楼繁华，相伴兰陵笑笑生混迹市井巷陌领略世情百态。

在书中，我走进豪尔赫·路易斯·博尔赫斯的《小径分岔的花园》，寻找伊塔洛·卡尔维诺的《看不见的城市》，倾听加夫列尔·加西亚·马尔克斯的《百年孤独》，还有玛格丽特·杜拉斯絮絮叨叨她的《情人》，看到了约翰·沃尔夫冈·冯·歌德的《少年维特的烦恼》，而弗兰兹·卡夫卡的《变形记》中的格里高尔异化成了一只甲虫，美国的欧内斯特·米勒尔·海明威在《老人与海》中表达了硬汉精神，日本的川端康成为《伊豆的舞女》流下了多愁善感的泪水。

书读得多了，就渐渐心怀写作著书的梦想。古语云 "熟读唐诗三百首，不会作诗也会吟"，经历长期的阅读之后，总有一种感怀要抒发，总有一种思想要表达，总有一种心得要分享，所以便开始了业余写作，写散文，写小说。虽然我的写作，纯属业余玩票性质，难登大雅之堂，然而每当在书架上看到自己的书，心中便充满了喜悦。如果没有阅读，怎么会有写作的收获？即使没有写作，读书也会使我腹有诗书气自华，以文学的视角打量世界，观察人生。

读书伴随着我的人生历程，而写作只是读书的副产品。囿于天赋或者才华所限，我尚未创作出"洛阳纸贵"的代表作，只待时日多加努力。然而，读书是我每日必做的功课，如果说一日三餐是生命延续的必需品，那么捧卷阅读则是滋养精神世界的阳光雨露。于我而言，读书是不能舍弃、也不可舍弃的日常行为，成为我人生的一种习惯状态。

四

书林文丛，是属于精神与灵魂的世界。这是一个神奇的新天地，阳光、天空、土地、河流……都是那么自然、清新、健康。在这里，我们的灵魂得以受到洗礼与净化，而我们的精神重新具有作为人的真正的亮度，可以让人诗意地栖居在这红尘俗世中。所有的焦灼躁动复归宁静淡泊，所有的荣华富贵都成过眼烟云。

　　我如此深深地眷恋着书籍，只有置身于书林，我才如入无人之境，才能恢复人的本真。在那些逝去的岁月里，无论是风轻云淡，还是月明星疏，书籍伴随着我走过了一个又一个春夏秋冬。热爱阅读，使我的似水年华充满了无尽的芬芳。书香为众香之香。即使在商业时代多种传媒迅猛发展、而现代人已难以静下心来阅读一部名著的今天，我依然手不释卷，让这脉书香氤氲在我生命的时空，沁入我生命的肺腑。书越读越多，爱越来越深。我想，今生今世这份书缘无以解脱了。

　　我可以一无所有，但是只要我的床头、我的书桌，每天都有一册书籍伴随着我的生活，我便自以为是天下最富有的人了。

读《茶经》，品茶性

雨云

闲来无事，下载了陆羽的《茶经》，电子书。《茶经》字数不多，七千余字。细读慢研之际，突然想，何不干脆打印出来，读着方便呢？念头一出，自己先就笑了。因为我想到了我喜欢的线装书，就像突然邂逅久违的心上人，心情愉悦。

于是，整理字体，页面设置，A4 纸，两栏排版，打印。

线装是我国明代兴起的一种新型书籍装帧形式，也是我国古代最完美的一种书籍装帧形式。在它之前还有绳串联、竹简、帛书、石经（石碑）、拓印（卷轴）、经折装、旋风装和蝴蝶装、包背装等等。

线装书的一般加工流程为：折页、配页、撞齐、订纸捻、配封皮、三面裁切、打眼、穿线、包书角等。我这个后人加业余操手，就只能简单为之了：折页、撞齐、打眼、穿线、重压（压实压平）。我装订的第一本线装书就这样完成了，《茶经》在茶文化发展史上的神圣地位也在我的操作中更显得庄重了。

《茶经》是世界上第一部茶学专著，是陆羽对人类的一大贡献。

陆羽，字鸿渐，号季迹，又名疾，别号桑苎翁，自号竟陵子，生于唐玄宗开元年间，复州竟陵郡人。陆羽对茶怀有一种特殊的感情，经常与朋友谈茶、品茶。陆羽的一生都在研究茶事，种植、栽培、烹煮，脚步遍及全国各大茶区。他逢山驻马采茶，遇泉下鞍品水，考察、整理、著述、刻印，仅《茶经》一书，就用时二十七年。也因为此，中国茶事在一代茶圣的影响下，渐渐盛行，千年不衰。

《茶经》一书分上、中、下三卷，共十个部分，主要内容是茶之源、茶之具、茶之造、茶之器、茶之煮、茶之饮、茶之事、茶之出、茶之略、茶之图等。

饮茶思源，阅《茶经》，摘录，知之：

茶者，南方之嘉木也。树如瓜芦，叶如栀子，
花如白蔷薇。

凡采茶，在二月、三月、四月之间。其日，有
雨不采，晴有云不采；晴，采之、蒸之、捣之、焙之、
穿之、封之、茶之干矣。

茶叶，野者上，园者次。阳崖阴林，紫者上，
绿者次；笋者上，芽者次；叶卷上，叶舒次。

饮茶，早取为茶，晚取为茗。

其水，用山水上，江水中，井水下。其山水拣乳泉、
石池漫流者上。

其煮器，若松间石上可坐，则具列（茶之器）废。
若瞰泉临涧，则水方、涤方、漉水囊（茶之器）废。

知茶如此，茶之幸也。

非常简洁的一段文字，就告诉了我们这么多的茶知识。
什么时间采茶，怎么造茶，什么茶好，什么水好，什么环境
品茶，哪些可以简略，既让人们懂得了茶，又不拘泥于形式，

真是一本好茶书。

鲁迅先生在《喝茶》中说，喝茶，喝好茶，要用盖碗，还须在静坐无为的时候，当他正写着《吃教》的中途，拉来一喝，那好味道竟又不知不觉地滑过去，像喝着粗茶一样了。

说到碗，《茶经》告诉我们，首推越州，并与邢州比较：

> 若邢瓷类银，越瓷类玉，邢不如越一也；若邢瓷类雪，则越瓷类冰，邢不如越二也；邢瓷白而茶色丹，越瓷青而茶色绿，邢不如越三也。

我正静坐无为，该喝茶了。暑期浔阳之行，有一大收获，就是带回些好茶。一是庐山的云雾，二是杭州的龙井，三是四川的竹叶青，皆是没有经过发酵的绿茶，有着自然的山野气息。最难得的是大姐送的竹叶青。

竹叶青，产于四川峨眉山。外形扁条，两头尖细，形似竹叶。我面前的这筒竹叶青，装在黑白两色的纸制筒里，黑色部分如中国的水墨画，水印"竹叶青"三字，或大或小，水墨字遍布。两色交接，白色处写有老子《道德经》中的名句："静胜躁，寒胜热。清静为天下正。"最有意思的是，在质量等级标示处除标有"特级"二字外，又在括弧处标有"静心"二字。这"静心"二字显然与特级无关，与喝茶人的心境有关。这茶，是要静心才能喝的。也或者说，这茶，喝了使人静心。茶性，人性，需性情相投。就像煮茶的水，也如陆羽说的，须挹山之清流，乳泉、石池漫流者，才能得出好茶。

茶，可以创造一个人的完整世界，就像现在，泡一杯竹叶青，看茶叶翻腾，然后平稳下来，一点点竖起来，悬浮着，又一点点沉于杯底。一切都静悄悄的。简单、自然、舒适，在《茶经》抒写的氛围中，只此就好！

小王子的独一无二

雨云

靠在沙发上，沙发上有清晰的太阳味，是强烈的太阳光透过窗帘馈赠给我的。我吸一口太阳味，想起前不久读过的《小王子》。在图书馆借《小王子》的时候，管理员还很惊奇地看着我。我只好说，帮别人借的。只有我知道，我是借给自己看的。早就听说《小王子》了，一直没找到。终于相遇了，怎么会放弃呢？

小王子是一颗名为 B–612 的小行星上唯一的一个人。小王子在他小小的星球上，随时可以看落日，只要他愿意。他有

两座活火山，一座死火山，有怎么也拔不完的猴面包树，有
一只绵羊，还有一朵高傲的玫瑰花。小王子不明白很多事情，
他开始了星际旅行，最后来到了地球上，遇到了"我"……

　　网上搜索《小王子》，已经有了八个不同的版本，分别
是作家出版社 2000 年 3 月出版的《小小王子》，人民文学
出版社 2000 年 5 月出版的《世界儿童文学丛书——小王
子》，中国友谊出版公司 2000 年 9 月出版的《小王子（彩
色插图本）》，浙江文艺出版社 2000 年 12 月出版的《小王
子（名著图典）》，辽宁民族出版社 1999 年 9 月出版的《世
界十大经典童话——〈柳林风声〉〈小王子〉》，浙江文艺
出版社 2000 年 5 月出版的《小王子——法国童话集》，中
国文学出版社 2000 年 11 月出版的《小王子》，接力出版社
出版的《世界童话经典插图珍藏本——小王子·灰姑娘》等，
真是了不起。

　　我阅读的是中国友谊出版公司的彩色插图本，由胡雨苏
翻译，周国平作序。这真是一本好书，讲"我"用一号作品
试图在大人中寻找知音，结果我失败了。大人们整天在做一些
自以为很重要的事。一直到遇到小王子，他知道"我"画的
是什么，而"我"画的任何东西他都能理解。越是了解小王子，

越是感到他的孤独。

我不知道，在这样一本短短的关于小王子的忧郁故事里，竟包含了那么多引人思考的问题，像是送给成人们的哲理童话。我们不妨来读读其中的一些句子。如：

大人们对任何事情，总需要人给解释得一清二楚。

遇到拔掉猴面包树苗这种事，迟了一点，那就非造成一场灾难不可。

老是说："我有正经事要做，我是一个认真的人。"自以为了不起，简直不是人，只是个蘑菇。

在人中间，还不是一样寂寞。

建立某种联系，在彼此眼里，成了世界上独一无二的。

人们想要什么东西，都往商店去买现成的。可是世界上没有可以购买朋友的商店，所以人也就得不到朋友。

本质的东西，眼睛是看不见的。只有用心灵去看，才能看得清楚。

　　我最喜欢书中关于"独一无二"的解释。在小王子的星球上，有一朵驯养的玫瑰花。小王子爱他的花儿。可在地球上，小王子发现他的花儿只是一朵普普通通的花，一座花园里就有几千朵，而且朵朵相同。他很伤心。这时，他遇到了狐狸，狐狸要求小王子驯养它。因为小王子驯养了它，他们之间就有了联系，它就成了小王子独一无二的狐狸，它也就有了期待，有了欣喜，有了别离。由此，小王子也明白了，他的花儿确实是世上独一无二的，虽然它有着一些高傲的坏毛病。

　　原来独一无二具有如此超凡的含义。在这个暖暖的日子，我是否也会成为你眼中独一无二的云呢？

昆德拉的《慢》

雨云

古希腊哲学家伊壁鸠鲁认为，不痛苦就是快乐。懂得排除痛苦的人，才是幸福的人。我此刻正快乐着，也幸福着，我悠闲地读着捷克作家米兰·昆德拉的《慢》。

昆德拉的作品多以政治和性为主。初识昆德拉始于他的《不能承受的生命之轻》，被他展现的表面轻松、实则沉重的人生所震撼。

读昆德拉的作品，常有思维断层的感觉，不能一下子明了，讲了什么，就像读禅宗的公案。所以读昆德拉的书，如饮茶，

213

适合品，适合慢，否则不知其味，不知所云。

《慢》是上海译文出版社出版的昆德拉作品系列之一，装帧简洁、干净。昆德拉的头像置于封面的右下角，眼睛深陷，眉头微锁，诙谐幽默地谈论着这个世界。《慢》被称为昆德拉"没有一句正经话的小说"。就像小说一幕中表述的，薇拉第一次醒来，责备她的小说家丈夫："你经常跟我说，你要写一部通篇没有一句正经话的小说。一部逗你一乐的大傻话。我担心这个时刻已经到来了……"

小说一开始就说"我"和妻子在法国公路上慢慢开车，后面不断有车拼命超速行驶，引起了"我"关于现代速度的一段思考：这些想超车的人早已陷入一种速度的狂热之中，这种狂热的感觉和他的身体无关，是一种由"纯速，速度本身"而得到的快感。这种快感并非真正的快乐。速度上的高潮，是愈快愈好，而快乐是要慢慢体会的。接着昆德拉引用了 18 世纪维旺·德农的一本小说《明日不再来》，叙述的是一个年轻男子如何在戏院邂逅到一个贵族妇人。妇人请他同车送她回家，由此而展开一段缠绵的爱情故事。这两个情人间的节奏是慢的，或者说是有情调的。他们先在花园散步，到家门口了，又折回到小亭子中做爱，慢慢地才回到妇人住的古堡密室中继续做爱。

小说《慢》用两条不正经的调式来演奏：一种是滑稽模仿调，反映了聚集在城堡的一群人的面目，他们并不知道自己处境与命运的不正经，或闹或色或笑或谐；另一种是抒情调，回忆小说中人物Ｔ夫人和骑士的爱情之夜。他们明知道没有明天，他们不抗议，不疾呼，随缘自适，尽情地享受他们的幽会。这两条线快慢交替，人物也是随意进进出出，最后汇合在城堡，包括作者。读着，感觉像做梦。

这部小说告诉我们快乐的秘诀是什么呢？是慢。喜欢昆德拉对慢速的疑问：慢的乐趣怎么失传了呢？啊，古时候闲荡的人到哪儿去啦？民歌小调中的游手好闲的英雄、这些漫游各地磨坊、在露天过夜的流浪汉，都到哪儿去啦？他们随着乡间小道、草原、林间空地和大自然一起消失了吗？是真的消失了呀！

可是，什么时候我们也把自己忘记了，抛弃了，扔进了超速运行的光怪陆离的现实？"冠者五六人，童子六七人，浴于沂，风乎舞雩，咏而归。"哪儿去了？"采菊东篱下，悠然见南山。"还有吗？我们一味地奔跑，不知道自己在哪儿，找不到自己的位置，也不知道自己需要的是什么。快餐爱情，快餐文化，甚至于快餐性爱，好事来不及品味就匆匆奔向了快乐的顶峰，然后又坠入无底的深渊。痛着，没有过程；苦着，看不到希望。人人有了更多的去处，人人有了更多的玩法，却没有一处是真正属于自己内心的宁静的港湾。孤独地漂浮着，如冥间的幽灵，躲在暗处窃笑着，笑别人，也笑自己。

捷克人用谚语"他们凝望仁慈上帝窗户"来比喻甜蜜悠闲的生活。

我没有上帝可以仰望，我仰望天空。除此，我也不知道还能干什么。

没有一句正经话，这是小说的真谛，是否也是我们生活的真谛呢？正经着，就是真实被约束，被背叛，被推翻，被打倒。我们无法知道真正的生活是什么，我们内心渴望的到底又是怎样的生活。达则儒，穷则道；群则儒，独则道。所谓的出道入儒，现在还有人做得到吗？

放下昆德拉的《慢》，我问自己：我心平静，真的能够平静吗？在这个变化飞速的时代，我还能悠闲地生活，慢慢地享受生命的乐趣吗？我不知道，也许我正在努力。

在云端

人生况味寄书衣